Martin Mosebach

Der Mond und das Mädchen

AF214628

»Raffiniert wie stets impft Martin Mosebach seinen Roman mit dem Stoff, aus dem die Träume sind.« *Meike Feßmann, Tagesspiegel*

»Der Reiz dieser zauberhaften Geschichte liegt gerade in ihrem Changieren zwischen Realismus und Fantastik, zwischen Horror und subtilem Kunstmärchen.« *Ulrich Baron, Welt am Sonntag*

»Der zarteste und leichthändigste Roman, den Martin Mosebach bislang geschrieben hat.« *Hubert Spiegel, Frankfurter Allgemeine Zeitung*

»Eine Art Realität gewordener Fiebertraum. Genau das Richtige für heiße Sommernächte.« *Alexander Wasner, SWR*

»Eine Novelle, in der Martin Mosebach sein poetologisches Programm in aller Leichtigkeit auf den Punkt bringt.« *Paul Jandl, Neue Zürcher Zeitung*

Martin Mosebach, geboren 1951 in Frankfurt am Main, war zunächst Jurist, dann wandte er sich dem Schreiben zu. Für seine Romane, Erzählungen und anderen Bücher erhielt er zahlreiche Auszeichnungen, etwa den Kleist-Preis, den Großen Literaturpreis der Bayerischen Akademie der Schönen Künste, den Georg-Büchner-Preis und die Goethe-Plakette der Stadt Frankfurt. Er lebt in Frankfurt am Main.

Martin Mosebach

Der Mond
und das Mädchen

Roman

dtv

Von Martin Mosebach ist bei dtv außerdem lieferbar:

Das Bett

Rotkäppchen und der Wolf

Das Beben

Stadt der wilden Hunde

Was davor geschah

Taube und Wildente

Die Richtige

Neuausgabe
© 2025 dtv Verlagsgesellschaft mbH & Co. KG
Tumblingerstraße 21, 80337 München
produktsicherheit@dtv.de
Die Erstausgabe erschien 2007 im Carl Hanser Verlag, München.
Umschlaggestaltung: dtv
Umschlagmotiv: Bridgeman Images
Satz: C.H.Beck.Media.Solutions, Nördlingn
Nach einer Vorlage von Gaby Michel, Hamburg
Druck und Bindung: Druckerei C.H.Beck, Nördlingen
Printed in Germany · ISBN 978-3-423-14934-1

I

Wer eine Wohnung sucht, hat es mit einem der seltenen Augenblicke zu tun, in denen der Mensch wirklich einmal glauben darf, über die Zukunft seines Lebens zu entscheiden, denn im Wohnen, so vieldeutig dies Wort eben ist, liegt doch das ganze Leben beschlossen. Der junge Mann, der auf dem Fahrrad durch die Straßen der ihm noch fremden Stadt Frankfurt fuhr, hatte ein paar Tage zuvor geheiratet und hielt Ausschau nach der ersten Wohnung, die er mit seiner Frau gemeinsam bewohnen würde. »Meine Frau« zu sagen, ging ihm noch nicht glatt von den Lippen. »Meine Frau« – wäre das nicht eher eine Matrone? Um »meine Frau« zu werden, müßte das Mädchen, das er geheiratet hatte, alles verlieren, was jetzt zu ihm gehörte: Kindlichkeit, Schmetterlingszartheit, Elfenleichtigkeit. Das waren nicht seine Gedanken, poetische Ausdrucksweise wollte er sich nicht zutrauen, aber eine leise klingende, feingläserne Zerbrechlichkeit war es schon, was ihm vorschwebte, wenn er an dies Mädchen dachte, ein zartes Glasgeklingel, Silbrigkeit in Stimme und Haar. Dabei war sie gar nicht viel jünger als er, aber aufgewachsen und behütet in einem Reservat abschirmender Bürgerlichkeit wie ein exquisites Frühgemüse, das nur mit Wärme und Tau, nicht aber mit Frost und rauhen Winden in Berührung kommen darf.

Die ersten Wochen dieser Ehe sahen ein wenig anders aus, als es solch geordneten Verhältnissen entsprochen hätte. Unzählige Gäste gratulierten dem jungen Paar. Die meisten waren für den Bräutigam Wildfremde und blieben es auch, als er die Hochzeitsphotos betrachtete; da hätte man ihm hinlegen können, wen man wollte, er hätte bereitwillig geglaubt, das Gesicht irgendwann auf seiner Hochzeit gesehen zu haben. Aber nach dieser »mariage à la mode« fand die berühmte rituelle Hochzeitsreise leider nicht statt. Es ging nicht. Es war nicht zu machen, der Antritt der neuen Arbeitsstelle, der ersten nach der Universität, hatte sich nicht verschieben lassen; es war auch gar nicht ernsthaft daran herumgeschoben worden, denn das, was in früheren Zeiten auf einer solchen Hochzeitsreise geschehen sollte, hatte, wie üblich, längst stattgefunden, und der eigentlichen Hochzeit waren mindestens drei kleine Hochzeitsreisen vorangegangen. Für Sentimentalitäten war keine Zeit, so drückte es seine Schwiegermutter aus, in deren Nähe es nicht nur die Sentimentalitäten, sondern eigentlich sämtliche Gefühlsregungen schwer hatten, sich zu behaupten.

Noch mehr als Gefühlsregungen verabscheute die Dame jede Anstrengung, und mochte man auch alles, was sich nur delegieren ließ, Hilfskräften übertragen, so täuschte doch nichts darüber hinweg, daß die Hochzeit vor allem eine solche immense Anstrengung gewesen war. Nur wenige Tage, nachdem das Feuerwerk der Brautsoirée abgebrannt worden war, reiste sie in den Süden und nahm dabei ihre Tochter mit, denn sie trat bei anderen Leuten ungern allein auf. Immer mußte sie jemanden aus der eigenen Sphäre dabei haben, um vom fremden Milieu nicht zu leicht vereinnahmt zu werden. Der junge Mann war mit dieser Reise grundsätzlich einverstanden. Er war immer froh, wenn das Mädchen etwas Angenehmes erlebte, und es war viel unkomplizierter so: Er zog in Frankfurt in eine kleine Pension und würde sehr schnell, abends nach der Arbeit und an den Wochenenden, eine Wohnung gefunden haben, und wenn sie zurückkam, würde er sie überraschen – eine köstliche Vorstellung –, und sie würden den Lastwagen mit Hochzeitsgeschenken aus Hamburg kommen lassen und mit dem Auspacken und Einrichten beginnen.

Nur daß der Wunsch der Mutter so ganz fraglos und ohne Abwägung befolgt zu werden hatte, verwunderte ihn ein wenig, wenn er jetzt in seinem Alleinsein darüber nachdachte. Ob er in diesen ersten Tagen am neuen Ort den Beistand seiner soeben erst geheirateten Frau brauchen könnte, wurde nicht einmal in Betracht gezogen. Ina machte keine glückliche Miene, als sie ihm vom Vorhaben ihrer Mutter berichtete, aber ihr Bedauern angesichts der objektiven Notwendigkeit – denn die stellte die mütterliche Anordnung ohne jeden Zweifel her – blieb doch klein. Es war nicht das erste Mal, daß ein solches Inbeschlagnehmen vorkam, aber solange sie nicht verheiratet waren, hatte es ihn nicht weiter belastet. Es paßte zur Kindlichkeit des Mädchens, daß es so innig an seiner Mutter hing. Die Schwiegermutter war Witwe, war es da nicht naheliegend, sich mehr um sie zu kümmern? Wenn er nur nicht den Eindruck gewonnen hätte, daß diese Frau einen Menschen, der sich um sie sorgte, gar nicht nötig hatte.

Frau von Klein war nicht so grazil gewachsen wie ihre Tochter. Ihr hübsches Gesicht war keine altersmäßige Fortentwicklung oder Entfaltung dessen, was im Gesicht ihrer Tochter angelegt war, sondern nur ein wenig weitläufiger, und natürlich lag jenes feine Netz über der Haut, das die auch von der Mutter bewahrte Kindlichkeit auf rührende und Zärtlichkeit weckende Weise gealtert erscheinen ließ. Sie war die schönste Schwiegermutter, die sich denken ließ, mit langsamen, lässigen Bewegungen. Auf der Hochzeit hatte sie Rosa getragen, ohne albern zu wirken, und wer weiß wie viele Dummköpfe, weibliche zumeist, hatten die Plattheit nicht gescheut, jedermann zu versichern, Mutter und Tochter sähen aus wie Schwestern – »Ich hoffe doch nicht«, sagte Frau von Klein mit unbewegter Miene, wenn sie so etwas hörte.

Der junge Mann sah sie vor sich, wie sie nach dem Hochzeitsempfang mit entfernten Verwandten in der Hotelhalle saß und den Friseur, einen häßlichen kleinen Italiener, der sich stets aufs neue schüchtern näherte, dreimal aufs neue wegschickte, obwohl sie ihn bestellt hatte. Der verzweifelte Mann mußte logistisch Außerordentliches leisten und beständig die Termine der anderen Damen umlegen, ohne daß er von ihr mehr als einen blanken Blick ohne die Spur auch nur gespielten Bedauerns erhielt.

»Sie ist vollkommen unabhängig von der Zustimmung anderer«, dachte der junge Mann, »sie nimmt andere Menschen kaum wahr.« Beim Abendessen war ihr Haarhelm dann makellos, als hätte sie den Nachmittag unter der Haube verbracht. Wirkliche Kälte hat etwas mit vollständiger Gerechtigkeit gemeinsam. Sie vermag sogar als Stärke erscheinen und dämpft zunächst auch die Empörung der anderen. Trotzdem wuchs da inzwischen ein kleiner Groll bei dem jungen Mann. »Frankfurt ist eine scheußliche Stadt«, sagte Frau von Klein, als er ihr stolz von seiner neuen Stelle erzählte. War das alles, was sie zu dieser erfreulichen Nachricht zu sagen hatte?

Ina hing an den Lippen ihrer Mutter, aber als sie zu ihm hinübersah, lächelte sie. Und so mußte es auch sein. Dieser gemeinsame Neubeginn mußte Ina mit Freude und Zuversicht erfüllen. Ob sich in Frankfurt auch für sie sofort ein Job finden würde, durfte durchaus erst einmal unwichtig sein. Man lebte in der Stadt, in der man arbeitete. Was war überhaupt eine scheußliche Stadt? Gewiß nicht die, durch die er jetzt nach dem Büro mit dem Fahrrad fuhr.

Er trug noch seinen dunklen Nadelstreifenanzug, seine Uniform als *assistant executive*, wie er auf seiner neuen Visitenkarte genannt wurde, aber die Krawatte hatte er in die Rocktasche gesteckt, denn wenn man den gekühlten Glasturm verließ, in dem sein Büro lag, prallte man gegen die Hitze wie gegen eine Wand. Es war erst Juni, aber in Frankfurt schon heißer als am Mittelmeer, wie er von Ina wußte. Sie sprach von einem bedeckten Himmel und geradezu ungemütlicher Abendkühle am Golf von Neapel, während sich über Frankfurt ein blühendes Hellblau spannte, das gegen Abend weicher wurde, aber noch lange nicht verblaßte.

Außerhalb der Innenstadt waren die Straßen leer. Das Fahrradfahren war ein Dahingleiten durch streichelnde, gesättigte Luft. Selbst die Autoabgase gaben ihr, wenn er einmal solch eine Fahne streifte, gewürzhafte Fülle. Eine gewisse Schwere, eine gleichsam wattige Substanzhaftigkeit gehört geradezu zur Stadtluft. Viel Staub und Schmutz in der Luft gibt dem Licht eine unvergleichliche Schönheit, wie jeder weiß, dem die Sonnenuntergänge von Delhi oder Mexico City vor Augen stehen – hinter den Rauchfiltern wird die Sonne riesengroß und verströmt eine in reinen Sphären unbekannte rotgoldene Pracht. Für solche Schauspiele war die Luft in Frankfurt allerdings nicht schmutzig genug, und exotische Lichtwunder wurden auch gar nicht vermißt, wenn Häuser und Vorgärten ihren biedermeierlichen Abendfrieden ausstrahlten, Feierabendstille, in die tatsächlich auch eine bimmelnde Kirchenglocke klang. Es mußte hier irgendwo eine Kapelle in der Nähe sein, für eine große Glocke war der Klang zu hell. Vor vielen Fenstern waren die Rolläden heruntergelassen, um die Sonne tagsüber abzuhalten. Und nun rumpelte es überall leise, weil sie hinaufgezogen wurden, um das ausgeschlossene Licht, dem endlich die brennende Hitze fehlte, wieder in die Zimmer fallen zu lassen. Die Straßen, die er ohne große Pläne durchfuhr, waren wohl vor hundert Jahren angelegt worden. Die Mietshäuser mit drei, höchstens vier Stockwerken bestanden vielfach aus rotem Mainsandstein, wenigstens die Torpfosten, das Sockelgeschoß und die Fensterumrahmungen waren rot, etwas Deutsches, Provinzielles hatte dieser Stein, eine gewisse burg- und kirchenhafte Düsterkeit. Jetzt aber war er so sanft beschienen, daß er geradezu von innen heraus strahlte.

»Wie wäre es, hier zu wohnen?« fragte sich der junge Mann und blickte in ein Eßzimmer, in dem eine schöne Lampe vor einem großen Spiegel brannte, ein weiteres Zimmer schloß sich an, und durch das hintere Fenster sah es grün herein. Nein, niemals ein Erdgeschoß, dachte er dann, Ina fürchtete sich und hätte in einer Parterrewohnung nie bei offenem Fenster geschlafen. Aber man konnte ja auch in den ersten Stock ziehen, der gewiß ein wenig heller war und dessen pompöser kleiner Balkon eine dicke Barockbalustrade hatte. Auf diese Balustrade würde sie wohl Terracotta-Töpfe mit Buchsbaumkugeln setzen, wie die Leute das hier auch getan hatten. Eine Reihe von Häusern hier war derart geschmückt, als schlage das diskrete Innenleben durch die dicken Mauern hindurch nach außen, um den im Innern herrschenden Geschmack auch zur Straße hin auszustellen. In der Wärme des Sommerabends atmeten die starren Häuser und wurden zu großen Klangkörpern, wie von Musikinstrumenten, die leise hallen und dröhnen, wenn sie angestoßen werden oder wenn die Luft durch sie hindurchbläst.

Der junge Mann war von der schweigenden, aber lebensvollen Schönheit der Straße so erfüllt, daß jeder Zweifel und jede Sorge, ob sich in dieser Stadt wohl die passende Wohnung für Ina und ihn verberge, dahinschwand. Ihm war, als stünden alle diese noch wenig erleuchteten, aber offensichtlich bewohnten Wohnungen zu seiner Verfügung, als spielten die Leute, die in ihnen die Fenster öffneten und die Rolläden hinaufzogen, ihm bloß vor, wie es sich darin lebte, bis er sich für eine von ihnen entschieden hatte. Ohne sich zu fragen, was er eigentlich suchte, stieg er vom Fahrrad und ging durch ein geöffnetes eisernes Gartentor den Gang entlang, der an der schweren Haustür und der kleineren, aber gleichfalls mit geschmiedetem Gitter geschützten Tür zur Hintertreppe vorbei in den Hof führte.

Dort stand eine riesige Kastanie, mit einer Blätterfülle, die den ganzen Hof in grünes Licht tauchte. Der Baum ragte bis über die Dächer. Der enge Hof hatte sein Wachstum angetrieben wie das einer Palme, eine grüne Säule, ein grüner Wasserfall, ein Naturwunder war in diesem Hof entstanden. Zwischen den Wurzeln des Baumes stand ein Sandkasten mit Eimern und Schippchen, als seien die Kinder gerade eben erst ins Haus gelaufen. Unter diesem Baum zu spielen und aufzuwachsen, in der Gegenwart seiner friedlichen Größe – konnte ein solches Jugenderlebnis nicht vor einer Kindheit im Hochgebirge bestehen?

Es war eigentlich nicht so, daß der junge Mann schon an Kinder dachte. Er hatte diesen Gedanken vielmehr bisher verbannt. Er wollte mit Ina als Liebespaar leben. Sie genügte ihm, und sie hatte ihm vielfach versichert, daß auch er ihr genüge, sie brauche niemanden sonst, wolle niemanden sonst sehen und betrachte es als einen besonderen Glücksumstand ihrer

Ehe, aus dem gesellschaftlichen Betrieb zuhause endgültig herausgezogen zu sein. Aber da war nun diese Sandkiste – hätten die Kinder, denen sie gehörte, darin gesessen, wären ihm eigene Kinder nicht in den Sinn gekommen. Kleine Kinder mit ihrem egoistischen Geschrei waren ihm ein Graus, und noch mehr befremdete ihn die Veränderung, die in seinen Studiengenossen vor sich ging, wenn sie, wie in drei Fällen geschehen, Väter geworden waren.

Was die leere Sandkiste im Schatten der Kastanie ihm sagte, lag dabei gar nicht so fern. Wenn Ina nun wirklich zunächst hier in Frankfurt mit ihrem kunsthistorischen Magister keine passende Tätigkeit finden würde – und was sollte das wohl für eine sein, es wurde auch kaum davon gesprochen, denn allein die Magisterarbeit war ein langjähriger Albtraum für alle Menschen in Inas Umkreis gewesen, und an ein Danach dachte niemand –, warum sollte sie die geschenkte freie Zeit nicht mit einem Kind zubringen? Er ging langsam zum Fahrrad zurück und studierte am Briefkasten angelegentlich die Namen der Bewohner, als schließe sich der Charakter des Hauses anhand dieser Namen auf. Im Weiterfahren sah er an der Ecke den hübschen Wirtsgarten eines italienischen Restaurants mit großen Veroneser Marktschirmen. Dort saßen Frauen in Sommerkleidern, und dort würde er sich sehr gern mit Ina niederlassen, an einem heißen Abend wie diesem. Ihm war, als werde Frankfurt immer in solche Hitze getaucht sein, als habe jede Entscheidung bei der Suche nach einer Wohnung mit solch einer außergewöhnlichen Hitze zu rechnen.

Der Park, an dem er jetzt vorüberfuhr, war vernachlässigt und ächzte förmlich unter der Last des Sommers. Er war jetzt verlassen bis auf ein paar junge Männer, die mit Bierdosen in der Hand auf den Lehnen der Bänke saßen und mit wiegenden Köpfen einer Musik aus ihren Kopfhörern lauschten, aber die Grasflächen waren so früh im Jahr schon niedergetrampelt und ausgetrocknet, und die Papierkörbe quollen über von Abfällen; wieviele Picknicks waren hier den Tag über abgehalten worden?

»Immerhin, ein schöner kleiner Park in nächster Nähe«, dachte der junge Mann. Ein Park mußte sein. Keinesfalls kam eine Wohnung ohne nahegelegenen Park in Frage. Vielleicht könnte er Ina überreden, morgens früh mit ihm um diesen Park herumzutraben? Bisher wäre ihm ein solcher Gedanke nicht eingefallen, aber jetzt sah er vor sich, wie genußvoll und vernünftig sie hier wohnen würden. Dazu die Nähe zur Innenstadt. In diesem ganzen Viertel, das er mit seinem Fahrrad durchzog, hatte er bis jetzt noch überhaupt keine scheußliche Straße gefunden, und woraus bestand schließlich die von seiner Schwiegermutter so drohend und abschätzig beschworene »scheußliche« Stadt? Doch wohl aus ihren Straßen. Das würde er ihr beim nächsten Mal sagen, nahm er sich vor und dachte nicht an jenen blanken und undurchdringlichen Blick, den sie auf jeden warf, der ihr widersprach.

Offener und bereitwilliger als der junge Mann konnte ein Mietinteressent also nicht sein. Der Angestellte des Maklerbüros, der ihn in dem großen Mietshaus hinter dem Park erwartete, durfte sich glücklich schätzen. Das Viertel gefiel dem jungen Mann so gut, daß die Beschaffenheit einer möglichen Wohnung schon beinahe gleichgültig war, wenn sie nur in dieser Gegend lag.

Das Treppenhaus sah noch ordentlich aus, nur waren die Treppenstufen mit graugesprenkeltem Linoleum belegt. Aber die Wohnung war in einem finsteren Zustand. Dies war ein stattlicher Jugendstilbau, mit vielen erhaltenen Details, schönen Türgriffen etwa, aber sonst hatte man alles getan, um die Wohnung gegen ihren Strich zu bürsten. In den beiden zur Straße hinausgehenden Zimmern klebte ein grasgrüner Teppichboden. Schmutzige Fußpfade durchzogen diese Kunststoff-Flor-Savanne. Die Wände hatte man blutrot gestrichen, Glühbirnenlicht fiel kalt und grausam auf Flecken und Risse. Das Badezimmer war ein enger Schlauch, aber hier wußte der Makler Rat: Man würde nur eine Mauer versetzen und von dem Nachbarzimmer einen Meter abknapsen müssen, und das perfekte Bad sei gewonnen. »Schade um das schöne Zimmer«, sagte der junge Mann, denn dieses Zimmer wäre das Schlafzimmer gewesen. Es blickte in die Krone eines Ahornbaumes, die etwas schütter belaubt war.

»Man kann nicht alles haben«, sagte der Makler. Dem jungen Mann fiel verwundert die Grobheit des Maklers auf. »Sie müssen sich sofort entscheiden, die Wohnung ist eigentlich schon weg.«

War es wirklich ein guter Einfall, ohne Ina auf Wohnungssuche zu gehen? Der junge Mann spürte schmerzlich seine Unfähigkeit, sich die Wohnung in renoviertem und verschönertem Zustand vorzustellen. Grausiges mußte auf diesem Boden und zwischen diesen blutroten Wänden vor sich gegangen sein. Eine tote Luft stand in den Räumen, die gewiß zu vertreiben gewesen wäre, wenn man die Fenster geöffnet hätte, aber jetzt war es wie bei einem Menschen mit widrigem Geruch, der durch ein Bad eine Weile zurückgedrängt werden mag, der einem aber in dieser Höchstpersönlichkeit die Lust am näheren Umgang mit dem Bedauernswerten ein für allemal vertreibt. Er fühlte sich dem Makler gegenüber dennoch wie ein Schwächling, als er gestand, die verlangte augenblickliche Entscheidung jetzt nicht fällen zu können. Ihm war, als sage er dem ganzen eben noch so bewunderten Stadtviertel mit diesem Unvermögen Lebewohl. Leicht hatte er sich seine Absage nicht gemacht.

Als er wieder auf der Straße stand, war der Mond auf dem immer noch blaßblauen Himmel aufgegangen. Zum Vollmond fehlte noch soviel, als habe man mit einer Nagelschere von der runden Scheibe eine hauchzarte Sichel weggeschnitten. Die Straße war immer noch schön, aber diese Schönheit hatte jetzt etwas Kulissenhaftes angenommen.

II

»Eigentlich ist es doch gleichgültig, wo man wohnt«, dachte der junge Mann, nachdem er siebzehn Wohnungen in schönen, weniger schönen und trostlosen Wohnvierteln besichtigt hatte. Alles, was man ihm gezeigt hatte, war unerhört teuer gewesen. Die Hälfte seines Einkommens, das für ein Anfängergehalt recht nett war, würde auf die Wohnung draufgehen, so sah das nach dieser ersten größeren Recherche aus. Und geboten wurde für das schrecklich viele Geld wenig. Auch ein Mann, der über einen etwas begabteren Blick auf Räume und die in ihnen ruhenden Möglichkeiten verfügt hätte, ein Mensch mit einem Minimum dekorativer Phantasie, wäre bei diesem Angebot an die Grenzen seines Vorstellungsvermögens geführt worden. Die einzige große, geradezu prachtvolle Wohnung, die geheimnisvollerweise bezahlbar gewesen wäre – hatte sie etwa Kakerlaken? –, schnappte ihm ein Rechtsanwaltsehepaar vor der Nase weg. Der Hauswirt ließ durchblicken, daß ihm verheiratete Mieter am liebsten wären, und der junge Mann, der notgedrungen allein auftrat, sah offenbar noch nicht verheiratet genug aus. Der neue Zustand war in seine Physis noch nicht eingedrungen. Ja, selbst der schmale Ehering war ihm noch lästig, er lag auf dem Nachttisch in der Pension, keineswegs aus bedenklicher, sich bereits distanzierender Haltung zur Ehe heraus, im Gegenteil, er war voll Sehnsucht und rief dreimal am Tag bei Ina an.

Sie war heiter und freute sich auf ihre Rückkehr und die Wohnung, als gebe es die schon. Er verschwieg ihr, wie schwer das Suchen war, denn er wollte vermeiden, daß Frau von Klein einen skeptischen Kommentar zu seinen organisatorischen Fähigkeiten abgab. Er hatte zwar gesehen, daß die Sarkasmen seiner Schwiegermutter an Ina abperlten, ohne richtig wahrgenommen worden zu sein – Ina sah bei allem, was ihre Mutter sagte, nur deren bemitleidenswerte Einsamkeit und Witwenschaft –, aber es war ihm die Vorstellung beständigen Einträufelns von Bosheit in die winzigen Ohrmuscheln seiner Frau doch eine tiefe Beunruhigung. Wie es sich eben mit Salzsäure verhält: Irgendwann ist die dickste Schutzschicht weggeätzt.

Die neue Gleichgültigkeit gegenüber Art und Lage der eigenen Wohnung, die der junge Mann so souverän formulierte, war aber weniger das Ergebnis seiner Erschöpfung, als der Versuch, die Lebensgrundsätze eines von ihm sehr geschätzten, bereits jetzt erfolgreichen Kollegen zu übernehmen, der freilich noch unverheiratet war.

»Ich brauche ein großes Bett und eine Badewanne«, sagte dieser braungebrannte, sportliche Mann, dessen Anzüge ihn so starr und knapp umschlossen, als seien sie aus biegsamem Leichtmetall geschmiedet. »Und das Ganze bitte über einem Fitneßstudio und fünf Minuten zu Fuß von der Firma.« Eine ganze Weltanschauung lag in diesem Programm. Wenn er sie schon nicht im Ganzen übernehmen konnte, wollte der junge Mann sie doch wenigstens als Haltung ausprobieren.

»In zwei Jahren müssen Sie hier ohnehin weg sein – sonst haben Sie etwas falsch gemacht«, diesen Satz des Kollegen teilte er Ina mit, denn ein bißchen sollte sie schon fühlen, unter welchem Druck er hier stand. Das neue Bild von einer Karriere – nicht, wie einstmals, die übertragene Tätigkeit immer

besser zu verstehen und immer vollkommener zu durchdrin-
gen, bis man Meister geworden war, sondern jede Beschäftigung nur als Übergang, nur als Sprungstein für eine ganz
andere zu begreifen – hatte für ihn noch etwas Berauschen-
des, da konnte die Wohnungsfrage wirklich nicht die erste
Geige spielen. Es schmeichelte ihm aber, daß Ina sich so fest
auf ihn verließ. Er erinnerte sich, wann sie ihm das erste Zeichen solch unbeschränkten Vertrauens gegeben hatte, aus
ganz harmlosem Anlaß. Er hatte sie, ohne daß es verabredet
war, vom Bahnhof abgeholt, und sie sagte: »Ich wußte, daß
du kommst.« An diesem Tag war ihr Liebesverhältnis in ein
neues Stadium getreten.

*

Lange war der junge Mann der sinkenden Nacht mit seinem
Sportrad entgegengefahren. Er hatte die Steigungen und Sen-
kungen des Frankfurter Terrains kennengelernt, den Tiefpunkt
des Geländes am Fluß und den allmählichen Anstieg, mit dem
bloßen Auge kaum wahrnehmbar, dafür aber mit den Waden,
die kräftiger treten mußten. An diesem Sommerabend rückten
die Taunus-Berge näher, bläulich und mit den fließenden Linien eines gelassenen Ein- und Ausatmens. Obwohl dies Mit-
telgebirge nicht zu schroffen Höhen ansteigt, war es jetzt als
große Masse, als mächtiger Gebirgskörper spürbar. Die Stadt
lag in einem weiten, aber wohldefinierten, sich nicht formlos
verlierenden Raum. Hier oben, vom Stadtzentrum schon recht
weit entfernt, denn die Anhöhe schluckte den Blick auf die untere Hälfte der Hochhäuser und ließ sie nur noch mit ihren
Dachgeschossen aus dem Gelände wie aus einem Sumpf auf-
ragen, zogen sich Straßen mit kleinen Villen entlang. Der Zer-
fall des festen Stadtgefüges bereitete sich vor, obwohl das ei-

gentliche Ausfransen noch nicht begonnen hatte. Die Schatten der Nacht ließen das Bergmassiv geschlossen und fern erscheinen und verbargen, daß die Siedlungen bis weit die Hänge hinauf kein Ende nahmen.

Es schien dem jungen Mann jetzt völlig aussichtslos, in dieser Stadt Fuß fassen zu wollen. Gerade diese kleinen Villen, von denen die eine oder andere Ina vielleicht sogar gefallen hätte, sahen auf geradezu endgültige Weise bewohnt aus. Der Fahrtwind trocknete den Schweiß auf seiner Stirn. Es war, als gleite er auf einer Schiene voran.

Die letzten Tage waren anstrengend gewesen, und davor lag ja die in der Erinnerung zwar schon ferngerückte Groß-Aufregung der Hochzeit, die sein Körper aber noch keineswegs überwunden hatte. In seinem Pensionszimmer überfiel den jungen Mann eine Müdigkeit, die ihm das bloße Ausziehen zur Last werden ließ. Er warf die Kleider auf den Boden. Sie aufzuhängen fehlte die Kraft. Wie spät war es? Der Wecker war stehengeblieben. Konnte die Hitze die Uhren stehen lassen? Das schien auf einmal möglich. Bevor er in tiefen Schlaf sank, fiel ihm noch ein, daß er für morgen Vormittag um zehn eine Wohnungsbesichtigung verabredet hatte. Die Wohnung kam nicht vom Makler und war erheblich billiger als das bisher Gesehene. Aber das hieß, daß er an einem Samstagvormittag, der ersten Gelegenheit auszuschlafen, hätte aufstehen müssen. Er blickte zum Wecker hinüber. Wie wäre das Erwachen möglich ohne den gnadenlosen Piepton, der den Schlaf sonst gewaltsam beendete? »Ich lasse es darauf ankommen«, dachte der junge Mann und fühlte in einem einzigen seligen, wie immer für den Genuß allzu kurzen Augenblick sein Entgleiten in die Ohnmacht.

*

Er erwachte, als die Sonne am Himmel stand und so unverdrossen wie gestern auf die Stadt herunterbrannte. Das Fenster ging auf einen öden Hof, in dem nur ein großer Abfallbehälter stand. Es war so still wie tief in einem dichten Wald. Ein Vogel zwitscherte. Auf manche Menschen hat das Vogelzwitschern eine tröstliche und ermutigende Wirkung. Der junge Mann hatte das Vogelzwitschern bisher nicht wirklich wahrgenommen, eigentlich nur wenn ihn nach durchfeierter Nacht auf der Straße die ersten Vogelstimmen begrüßten, um den jungen Morgen anzukündigen. Aber heute war dies einzige Zeichen von Leben in diesem Haus und in diesem traurigen Hof plötzlich wie ein Anruf. War das ein Merkmal des Älterwerdens? Er fühlte sich erfrischt, doch er blieb noch ein Weilchen liegen. Die Verabredung fiel ihm ein. Die Uhr stand immer noch. Hätte sie sich in der Nacht etwa einen Ruck geben sollen? Das Schweigen um ihn herum war so dicht, daß er sich von der Welt abgetrennt fühlte wie in einem Keller. Auf dem Gang keine Schritte. Er stand langsam auf. Heute mußte er keine Büro-Uniform tragen. Als habe er alle Zeit der Welt, räumte er sein Zimmer ein wenig auf, die mißhandelte Anzugjacke kam auf einen Bügel. Ob es noch Frühstück gab? Die Serbin, die in diesem Haus den Kaffee kochte, verließ ihre Küche um elf.

Der Frühstücksraum war leer. Am Wochenende hatte die Pension meist wenige Gäste. Die Serbin trat ein und brachte Kaffee. Der junge Mann schlug die Zeitung auf und las sie gründlich. Er fühlte, daß er heute alles ganz langsam machen müsse, diese friedvolle Langsamkeit gehörte noch zum Schlaf. Er bestellte ein zweites Kännchen Kaffee. Die Zeitung war ausgelesen. Es gab eigentlich keinen Grund mehr, sich in diesem Frühstücksraum aufzuhalten, der, sowie man gefrühstückt hatte, gleich ein wenig unwirtlicher zu werden schien. Bis zu diesem Augenblick hatte der junge Mann es sich verboten, nach der Uhr zu fragen. Das tat er jetzt.

Die Serbin sagte »Halb zehn«.

Es sei nicht gut, daß der Mensch allein sei, heißt es schon in der Genesis. Man könnte diesen Grundsatz einschränken, indem man einräumt, daß das Alleinsein jedenfalls gelernt sein will, wenn es zu einem wünschenswerten und fruchtbaren Zustand werden soll. Der junge Mann hatte darin gar keine Übung. Er war sein Lebtag noch niemals zwei Wochen hintereinander allein gewesen, im Internat und beim Militär hatte er sich besonders wohlgefühlt, und Ina ließ er schon zwei Jahre vor der Hochzeit kaum einen Augenblick aus den Augen. Mit den eigenen Gedanken allein zu sein war ein Abenteuer, das Überraschungen bereithielt. Was man in Gesellschaft gar nicht richtig mitbekam: den Wechsel der Stimmungen, wurde, sowie man allein war, zum staunenerregenden Phänomen. In Gesellschaft war jede Stimmung Antwort auf das Betragen oder die Worte eines anderen; ein anderer Mensch machte einen wütend oder brachte einen zum Lachen, aber nun stellte sich heraus, daß Wut, Erregung, Zufriedenheit und Heiterkeit auch ganz ohne ein Gegenüber auftreten konnten und sich genauso heftig wie in Gesellschaft, ja noch viel gewaltsamer Aufmerksamkeit verschafften.

Niemals zuvor hatte der junge Mann mit dem »Schicksal«, so nannte er das jetzt hochtrabend, ein solches Spiel getrieben wie heute morgen, als es darum ging, die Verabredung in der Wohnung einzuhalten oder aber zu versäumen. Wenn du willst – wer sollte da wollen? –, daß ich diese Wohnung anschaue, dann halte du die Zeit an, hatte der junge Mann offenbar im geheimsten während seiner vormittäglichen derart provozierend in die Länge gezogenen Trödelei gedacht, und so war er jetzt von der schlichten Antwort der Serbin in einem Maße überrascht, das die Frau, die er ungläubig ansah, wohl kaum verstand.

Ein Zeichen! Wie gut, daß der sportliche Kollege nicht zugegen war, er hätte, was die beruflichen Aussichten des jungen Mannes anging, besorgt den Kopf gewiegt.

Die beiden großen Bedingungen, denen die gesuchte Wohnung genügen mußte, waren von der Wohnung am Baseler Platz erfüllt: Sie war keine Parterre-Wohnung, dafür allerdings im vierten Stock, Aufzug gab es keinen, die Treppe war wendeltreppenartig eng und ausgetreten – aber gut, darauf sollte es nicht ankommen –, und ein Park lag zwar nicht in der Nähe, aber dafür das Mainufer mit langen auf den Kais angelegten Rasenflächen; da konnte man an dem breiten braunen Wasser, von Möwen umflattert, durchaus etwas herumspazieren, sich womöglich gar auf den Rasen legen, wenn einem die zahlreichen Sonnenbadenden, die unter einer Wolke von Sonnenölduft lagerten, nicht zuwider waren.

Aber davon abgesehen waren das Haus und seine Lage wohl so weit von allen Plänen und Vorstellungen entfernt, die das junge Paar bisher erwogen haben mochte, daß man sich fragen darf, warum der junge Mann bei seinem Anblick nicht auf dem Absatz umkehrte. Ein Eckhaus mit den vertrauenerweckenden Buntsandsteinquadern im Sockel, aber wie anders wirkte dieser Stein hier als in den schönen Wohnvierteln! Etwas Rauchig-Schmutziges lag über ihm, die Kälte eines gründerzeitlichen Spekulantenbaus. Der Hauptbahnhof, der nicht weit im Rücken des Hauses lag, war hier schon spürbar, längst vergangene Lokomotivenrußigkeit blieb hier noch vorstellbar. Das eigentliche große Hurenviertel lag auf der anderen Seite der vierspurigen Trasse, schon geradezu ein Stück Stadtautobahn, die dem Haus, vom Bahnhof zur Mainbrücke führend, gleichsam über die Zehen fuhr. Mit Basel hatte der Platz nicht das geringste zu tun. Es war bei der Benennung dieser städtischen Anlage, die »Platz« im eigentlichen Sinne gar nicht heißen dürfte, schon völlig willkürlich vorgegangen worden; ohne Rücksicht auf alte Orts- oder Flurnamen hatte man diesem Unort durch die Benennung den Anstrich falscher Weltläufigkeit gegeben. Die Stadt bröselte hier regelrecht auseinander. Es war, als habe sich in der Mitte der freien Fläche, die von der Autobahn eingenommen wurde, eine geologische Verwerfung ereignet, die die Häuserzeilen links und rechts der Fahrbahn gleichsam wegkippen ließ. Unten im Haus befand sich ein Schnellimbiß mit Namen »Lalibella«, der von einem Äthiopier geführt wurde. Vorn brauste Verkehr, aber wenn man um das Haus herum in den Hof gelangte – dort war auch die Eingangstür –, herrschte plötzlich Ruhe. Nur ein Rauschen blieb, jenem Meeresrauschen verwandt, das Seereisende nach Wochen an Bord bei ihrer Rückkehr aufs Festland sogar vermissen. Ein erster Blick auf das Haus hätte dennoch genügen müssen. Die Vorstellung, mit Ina, einer Tochter der Frau von Klein, hier einzuziehen und ihr dieses Haus als tägliche Umgebung anzubieten, war, gelinde gesprochen, abwegig.

Wo sollte zum Beispiel für das Tägliche eingekauft werden? Dort drüben, diese Antwort fiel leicht. Ein pakistanischer Gemüseladen präsentierte seine Auberginen und Tomaten schön geordnet am Rand des Verkehrsgebrauses. Wesenlos, raumlos und häßlich-frostig sah es hier auf den ersten und zweiten Blick aus, aber dann sah man, daß sich die menschlichen Ameisen überall in Ritzen und Spalten der toten Gebäude kleine Lebensräume geschaffen hatten: die philippinische Wäscherei, der bengalische Zeitungskiosk, das Tattoo-Studio, das islamische Reisebüro – Spezialität: die Hedschra nach Mekka und Medina –, das libanesische Restaurant mit dem draußen groß angekündigten »All you can eat«-Sonntagsfrühstück-Angebot.

Die seefahrenden Völker des Mittelmeers hielten einst den Blick nicht auf das Hinterland ihrer Häfen, sondern auf die Gegenküsten gerichtet und überspannten leicht mit ihren Gedanken den Meeresleerraum, der sie von den dort liegenden Häfen trennte. So wurden für die hier Wohnenden wohl auch die vier Fahrspuren, die den Platz unheilbar auseinanderrissen und ganz und gar ausfüllten, nach kurzem unsichtbar, weil sie die andere Straßenseite mit den dort eingenisteten Geschäftchen und Souterrain-Lokalen im Auge behielten und Techniken entwickelt hatten, schnell auf die andere Seite zu gelangen. Mit Kinderwagen wäre das freilich schon ein gewagteres Unternehmen gewesen, aber an Kinderwagen und Sandkisten dachte der junge Mann auf einmal überhaupt nicht mehr, dafür war der Gedanke an Frau von Klein gewichtig: Daß sie es unzumutbar finden würde, hierherzukommen, war womöglich das beste Argument, die Dachwohnung aus der Zeitungsannonce wenigstens einmal anzusehen.

War es nicht beinahe schon schade, daß das grelle Hurenviertel mit bunten Lichtreklamen und Eckenstehern und Betrunkenen hier kaum mehr zu ahnen war? Am Baseler Platz herrschte schon technische Blässe, Niemandslandluft. Der Hausverwalter war Marokkaner, wie aus der Visitenkarte hervorging, die er dem jungen Mann überreichte. Als »conseiller trésorier« eines marokkanischen Heimatvereins wurde er darauf bezeichnet. Der Mann war wohl über fünfzig, mit rundem Bauch und kraftlosen Löckchen im Nacken, Geierflaum, den er nußbraun gefärbt hatte. Trotz der Hitze trug er einen Pullover und einen roten Kaschmirschal, den er nach Art des sattsam bekannten Lautrec-Plakats lässig um den Hals gelegt hatte. Er komme aus dem Keller. Der Keller sei kühl, nein, nicht kühl, kalt. Man könne sich im Keller eine Lungenentzündung holen, sagte er eindringlich, während seine braunen Augen mit den langen Wimpern den jungen Mann ungewöhnlich hemmungslos musterten. Dem war, als spüre er diese Blicke wie das Wandern von dicken Fliegen auf dem Gesicht. Sei er der Mann, der angerufen habe? Der junge Mann nannte seinen Namen.

»Ah, Monsieur Hans!« sagte der Hausmeister, indem er nur den Vornamen benutzte, in umstandsloser Vertraulichkeit, um dann aber mißtrauisch innezuhalten: »Sie sind sicher, daß Sie meine Nummer nur von der Annonce kennen? Nicht anderswo her? Sie haben mit niemandem sonst gesprochen?«

Was stellte der Mann sich denn vor? Er war aber an Antworten nicht weiter interessiert. Seine Augen hatten sich an Hans sattgefressen, jetzt rutschten sie in eine andere Richtung und wurden starr.

»Pardon«, sagte der Hausmeister und griff in seine Brusttasche. Sein Mobiltelephon hatte gezittert, und tatsächlich glich das Telephon, wie jeder, der mit diesem Mann umging, schnell feststellte, für sein körperliches und geistiges Sein geradezu einem nach außen verlegten Herzschrittmacher, der ihm die lebensnotwendigen Impulse gab. Das Treppenhaus hatte etwas von einem Turm. Es war nicht nur im Keller kalt, auch dies Treppenhaus bewahrte eine Säule Luft, die deutlich ein paar Grad kühler als draußen war. Auf den Etagen gab es einen Terrazzo-Fußboden, der die angenehme Temperatur bewahren half. Es herrschte eine Stein- und Kellerluft hier, die in dem jungen Mann sofort die Vorstellung der besonderen Reinlichkeit alter Gewölbe wachrief; eigentlich mußten Häuser viel älter als dieses sein, wenn sie solche Luft in sich bergen sollten. Die Wohnung bestand aus einem langen Schlauch, an dem sich mehrere kleine Zimmer, das Bad und die Küche aufreihten. Schließlich gelangte man in einen größeren Raum mit drei Fenstern, der an der Spitze des tortenstückartigen Hauses lag, fünf Wände hatte und das ganze wirre Platz- und Autowesen draußen von hoch oben überblickte, sogar ein Stück vom Fluß kam noch ins Bild. Eben schob sich dort unten ein langer schwarzer Kahn vorbei.

»Die Möbel müssen drin bleiben«, sagte der Hausmeister laut, indem er seinen geflüsterten Telephondialog unterbrach. Tatsächlich standen ein paar Sachen in den Zimmern, aber nicht genug, um die Wohnung als möbliert zu bezeichnen: ein pompöser Schreibtisch mit gedrehten Säulenbeinen und gesprungener Platte, ein thronartiger Sessel, dessen von Messingnägeln gehaltenes Leder allerdings rehbraun zerfiel und zerbrach, sehr schmutzige Küchenschränke voller Töpfe und Pfannen, die mochte man gar nicht anfassen, so klebrig waren sie. Im Flur hing eine Radierung von Burg Eltz, wahrscheinlich aus den zwanziger Jahren. Ein durchgesessenes Sopha mit schmuddeligen Kissen war neueren Datums.

»Das können Sie phantastisch dekorieren«, sagte der Hausmeister. »Ich gebe Ihnen die Adresse von einem marokkanischen Teppich-Importeur, der legt Ihnen ein phantastisches Stück über dies Sopha.«

Der Mann wandte sich Hans bei diesen Worten mit durchbohrender Intensität zu, forschte eindringlich in seinem Gesicht und wandte sich dann ebenso nachdrücklich wieder ab. Der junge Mann wurde nicht überredet und nicht gedrängt.

Er stand in dem hellen Eckzimmer mit dem weiten Blick und dachte nach. Die Wohnung war billig. Sie war ruhig, selbst bei geöffnetem Fenster war der Verkehrslärm gedämpft und verflog in alle Richtungen. Von hier hätte er zehn Minuten zu Fuß zur Bank. Die Töpfe könnte man spülen, die Möbel waren nicht so schlecht, daß man sie hätte hinauswerfen müssen, das Treppenhaus ein gutes Training – es gab durchaus Argumente, die für die Wohnung sprachen. Der Hausmeister mißfiel ihm, aber was scherte ihn der Hausmeister?

Und dennoch, wenn er sich später fragte, warum er die Wohnung genommen habe, dann fühlte er, daß alle diese guten Gründe die Sache nicht trafen. Warum hatte er die Wohnung genommen? Er mußte es sich eingestehen: Auf diese Frage hatte er keine Antwort.

III

Es mochte einen unvorhersehbaren Preis kosten, aber es war unbestreitbar, daß Abdallah Souad, so hieß der Hausmeister, sehr hilfreich sein konnte, nicht nur wenn es darum ging, »phantastische« Dekorationsvorschläge zu machen – man sah an diesem sprachlichen Detail, daß er im Deutschen gut zu Hause war, das Redensartliche, Jargonhafte machte er sich mühelos zu eigen.

»Erzählen Sie mal was Flottes, Hans«, war eine gern geübte Eingangsfloskel, der man mit keiner Silbe zu entsprechen brauchte, denn er interessierte sich für die Mitteilungen anderer Leute, vor allem von Männern, nicht für fünf Pfennige. Das hielt ihn aber nicht davon ab, mit allen möglichen Personen Geschäftsbeziehungen zu unterhalten. Die beiden Ukrainer – gutmütige Pfannkuchengesichter, wie unmittelbar von einem der unermeßlich großen galizischen Kartoffeläcker geholt, die gegenwärtig die Wohnung im vierten Stock »weißelten«, wie man in Süddeutschland sagt, und tatsächlich klatschten sie einfach ein paar Eimer weiße Farbe auf die Wände – stammten aus Souads Fundus. Sowie der Mietvertrag unterschrieben war – Souad unterzeichnete für den Hauseigentümer, er war auch hier »trésorier« –, rief er noch in Hans' Gegenwart schon diese beiden Männer an, und zwei Tage später war die Wohnung bezugsfertig. Als Hans dann aber daranging, Ina auf die neue Wohnung vorzubereiten, war ihm unversehens nicht ganz wohl zumute.

»Wir hätten eine Wohnung«, sagte er beim nächsten nächtlichen Telephonat – Frau von Klein kehrte üblicherweise spät von ihren Einladungen zurück, denn die begannen dort im Süden auch spät, was ihr sehr zusagte, sie liebte es nicht, sich zu beeilen – »Was heißt das?« fragte Ina mit ihrer glockenhellen Arglosigkeit, »wir hätten sie – haben wir sie?«

»Wir haben sie im Grunde.« Jetzt, wo alles unterschrieben war und die Ukrainer treuherzig und wohlgelaunt ihre Leitern und Bürsten das enge Treppenhaus hinaufschleppten, war ihm wirklich etwas blümerant zumute.

»Wir brauchen nicht lange dort zu wohnen, es ist ein Provisorium.«

Er verlegte sich auf ein männlich-beherrschtes Jammern. Neben der Büro-Arbeit in dieser heißen Stadt eine Wohnung zu suchen, habe ihn an den Rand seiner Kräfte gebracht. »Wäre ich allein, hätte ich die Wohnung nicht genommen.« Das stimmte nicht. Was ihm jetzt Sorgen machte, war nur Inas Miene, und so unterlief ihm mitten in seiner flitterwöchnerischen Verliebtheit bereits der schäbige kleine Versuch, ihr ein Stückchen Schuld zuzuschieben, wenn sie von seiner Entscheidung enttäuscht sein sollte. Diese moralische Fragwürdigkeit war aber ausschließlich der Hitze zuzuschreiben. Wie Wein und Äpfel ist auch eine strikte Moral von gemäßigtem Klima abhängig.

Sie fand sofort den richtigen Ton, um ihn zu besänftigen. »Ich vertraue dir vollkommen, du hast in jedem Fall alles richtig gemacht.« Am Telephon klang ihre Stimme zwitschernd. Sie kitzelte ihn regelrecht im Ohr.

Beim nächsten Anruf hatte sie, so weit sie vom Kampfplatz auch entfernt war, für den gemeinsamen Anfang dennoch etwas geleistet. Frau von Klein habe eingewilligt, alles was da in

Kartons gegenwärtig noch in den Kellern und Speichern und Garagen ihres Hauses von der Hochzeit ausruhte – es waren auch ein paar schöne alte Möbel und Bilder darunter –, dort ruhig noch eine Weile zu belassen. Es müßte jetzt gar kein regelrechter Umzug stattfinden. Ina komme mit ein paar Koffern. Möbel seien doch schon da, habe er gesagt. Und was fehle, werde in einem großen Abhollager besorgt und später, wenn sie auszögen, weggeworfen. Sie klang geradezu vergnügt bei dieser Neuigkeit. Ina war weiß Gott nicht unempfindlich für den Reiz von teurem und exquisitem Hausrat und hatte ihre Anteilnahme an der Fülle schöner Sachen, die sich rund um die Hochzeitszeremonie angehäuft hatten, kaum verborgen. In die Nüchternheit, mit der sie darüber Buch führte – nur um sich bei allen bedanken zu können, natürlich –, mischte sich eine feierliche Gespanntheit, die die Augen glitzern ließ. Um so beglückender war für ihren jungen Ehemann, der dies alles aus dem Augenwinkel durchaus bemerkt hatte, daß sie nun fähig sein wollte, ihren Hochzeitsdrachenhort, jedenfalls für eine Weile, hinter sich zu lassen und mit ihm noch einmal unbeschwerte Wochen der Besitzlosigkeit auszukosten. Die Rede des Kollegen von »Bett und Badewanne«, die ihm als Inbegriff des Notwendigen nicht aus dem Kopf ging, hatte, wie ihm jetzt erst in den Sinn kam, auch einen erotischen Unterton. Warum nicht? Ein gemeinsames Leben, das zwischen Bett und Badewanne pendelte, etwas anderes wäre, zumindest für den Augenblick, doch gar nicht wünschenswert.

*

Es war spät, als der junge Mann die Arbeit der Ukrainer abnahm und die beiden bezahlte. Es war dort oben in der Wohnung, als sei eine Woge weißer Dispersionsfarbe durch die

Räume und den Korridor geschwappt. Auf dem dunklen Linoleum des Flurs und auf dem Holzboden des großen Zimmers – das Hans bereits Wohnzimmer nannte – leuchteten weiße Spritzer wie Gischtflocken. Wenn sie ganz trocken seien, könne man sie leicht mit einem Messer abkratzen. Die Männer, Vater und Sohn, wie sich jetzt herausstellte, waren maßvoll in ihrer Forderung. Die Räume leuchteten in unwirklicher Perfektion, als hätte sie ein japanischer Zen-Meister aus blendendweißem Papier gefaltet. Der junge Ehemann hatte kein Auge für Details. Er staunte, wie krachend neu dies vorher verwahrlost erscheinende Quartier unversehens aussah. Die Frau des ukrainischen Sohnes hatte sich unterdessen in der Küche beschäftigt und dort jeden Topf mit Sand gescheuert. Die Küchenschränke klebten nicht mehr, die Töpfe waren so angeschlagen und verbeult wie zuvor, aber von dem bräunlichen Fettfilm befreit. Der Herd und der Eisschrank, beides geradezu ehrwürdige Stücke – der Eisschrank gelegentlich laut brummend und dann plötzlich mit einer Art Schluckauf in Schweigen fallend –, waren aus dem Zustand der Unberührbarkeit in neue Brauchbarkeit gehoben. So traulich, wie in dem Eisschrank, den der junge Mann jetzt überprüfend öffnete, das Lämpchen leuchtete, würde man gern sofort ein paar Flaschen hier hineinlegen. Der Äthiopier im Parterre hatte noch geöffnet. Der junge Mann lud die Ukrainer, die Männer und die Frau, zu einem Glas dort unten ein. Nach stummem Blickaustausch zwischen den dreien wurde dies auch angenommen.

In der Stunde, die Hans mit seinen ukrainischen Hilfstruppen oben unterm Dach zugebracht hatte – es lag aber noch ein niedriger Speicher über der Wohnung, ganz ungehemmt prallte die Sonne nicht auf sie herab –, in der weißen Welt, die Kühle suggerierte, auch wenn einem bei ihrem Anblick der Schweiß herunterrann, war der Stehimbiß des Äthiopiers gleichsam umgewendet worden. Nach vorn zur Straße hin hatte der Mann einen eisernen Rolladen herabgezogen, dafür aber standen im Hof nun ein paar Klappstühle, und der Äthiopier holte für die Gäste, die sich hier niedergelassen hatten, die Flaschen durch die Hintertür seines Geschäftes. Das war eine Improvisation des Sommers. Die Polizei hätte vermutlich etwas dagegen gehabt, daß hier nun nicht mehr bloß gestanden, sondern nach Ladenschluß sogar gesessen wurde, aber da waren sich die Versammelten einig: Wenn wirklich ein Polizist um die Ecke gebogen wäre, hätte man die Zusammenkunft als private Feier bezeichnet.

»Nein, niemals kommt die Polizei«, hörte man Souad eifernd und rücksichtslos laut ausrufen, als wolle er die uneingeschränkte Sicherheit des Arrangements herausfordernd demonstrieren. Er selbst vermiete schließlich den Polizisten des Reviers den Kleinbus zu ihrem Betriebsausflug. Die Beamten seien ohnehin froh, in einem derart schwierigen Revier Stützpunkte der Verläßlichkeit zu wissen. Der Äthiopier war ein noch jüngerer Mann mit sehr heller, gelber Haut und einem Gesicht von etwas wächserner, lebloser Ebenmäßigkeit; er entsprach gewiß einem Schönheitsideal seiner Heimat. Er lächelte, aber er war so verschlossen, daß nicht klar wurde, ob dieses nächtliche Hinterhoftreiben aus einer eigenen geschäftlichen Initiative hervorgegangen war oder ob er auf Befehl Souads handelte. Er trank keinen Tropfen Alkohol und lächelte immer nur abwesend und etwas fahl, wenn er neue Flaschen herbeischaffte und die leeren verschwinden ließ. Auf die im Hof inzwischen herrschende rauschende Konversation ließ er sich nicht ein. Es war nicht deutlich, ob er überhaupt folgen konnte – das klärte sich aber in den nächsten Tagen, sein Deutsch war hinreichend.

Ein Teil des Hofes war von der weißen Bogenlampe der Straßenbeleuchtung in hartes, helles Licht getaucht, die andere Hälfte lag in einem davon scharf abgegrenzten, noch dunkler wirkenden Schatten. Der Mond am Himmel, schon abnehmend, strahlte wie ein Scheinwerfer. Man meinte die Mondgebirge mit den Augen gleichsam abschreiten zu können. In alten Schwarzweißfilmen sprach man bei Szenen, die in Dunkelheit spielten, aber mit hellem Lampenlicht gefilmt werden mußten, von einer »amerikanischen Nacht«, und einer Filmaufnahme glich dieser Kreis auf den Klappstühlen tatsächlich, allerdings nicht einer Szene mit Schauspielern, sondern einer Runde von Gehilfen, die bei Filmaufnahmen stets zahlreich zugegen sind, dort gewiß auch benötigt werden, aber die meiste Zeit doch wartend und schwatzend und Bierflaschen kreisen lassend zubringen müssen als irregulärer Landsknechtshaufen, dessen Pflicht darin besteht, sich zur Verfügung zu halten, wenn schließlich die Trompete geblasen wird.

Souad war der Herr dieser Versammlung, wie sich herausstellte, ein Despot, der die Ukrainer und Hans weniger willkommen hieß, als sie im Befehlston zum Hinsetzen und Mittrinken aufzufordern. Ein Blick aus seinen unruhigen Augen mußte genügen, den Äthiopier ins Haus und an den großen Eisschrank mit den Getränken zu beordern, denn inzwischen hatte das Telephon an Souads Brust gezittert. Er wollte in seiner Rastlosigkeit immer an mehreren Orten zugleich wirken.

Neben ihm saß eine Frau mit blonder Löwenmähne, einer Allonge-Perücke des siebzehnten Jahrhunderts ähnlich, die herabstürzenden dicken Locken ließen der spitzen Nase kaum genug Raum, aus ihnen hervorzustoßen. Souad hatte das Telephongespräch schnell und ungeduldig abgebrochen. Man schien am anderen Ende der Leitung nicht sofort gehorchen zu wollen. Jetzt übernahm er die Vorstellung.

»Das ist Monsieur Hans.« Die Löwenmähnen-Dame sagte: »Ich bin die Barbara.«

Erfreulich war es dem jungen Mann nicht, dies »Monsieur Hans«. Er fühlte, daß es ein Fehler war, sich so früh schon von Souad auf seinen Vornamen reduzieren zu lassen. Er war dann aber doch bereit, bei einem Ausländer, auch wenn der flüssig und mühelos und beinahe akzentfrei deutsch sprach, die Schwierigkeit in Rechnung zu stellen, sich einen langen Nachnamen mit ungewöhnlicher Buchstabenfolge zu merken. Man kann eine fremde Sprache bekanntlich vorzüglich beherrschen und kommt dennoch der Natur der einzelnen Wörter nicht näher, weil man deren Genese und Wurzeln nicht kennt und weil deren Umfeld und Stimmung einem unbekannt geblieben sind. Frau von Klein hatte ihrer Tochter mitgeteilt, daß sie den Namen Hans einfältig finde, sie gebrauchte den englischen Ausdruck »plain«, darin war auch das abschließende Urteil über den Träger eines solchen Namens enthalten. Ina hatte ihm versichert, daß es ihr gleichgültig sei, wie ihre Mutter über den Namen Hans denke, denn er sei der einzige Hans in ihrem Leben, tatsächlich sei sie niemals zuvor einem Mann mit diesem an sich häufigen Namen begegnet, und nun habe er diesen Namen derart mit seiner Person gefüllt, daß Überlegungen, wie vorteilhaft »Hans« klinge, gar nicht mehr aufkommen könnten, und er glaubte ihr. Aber eine Scharte in seinem Selbstgefühl hatte Frau von Klein doch hinterlassen. Jetzt im Hinterhof von jedermann Hans genannt zu werden und diesen Namen freudig-ironisch ausgesprochen zu hören, machte ihn befangen, als sei er in Wirklichkeit gar kein Hans, als segle er hier unter der Flagge eines unpassenden Pseudonyms.

Große Harmonie war dem Kreis im Hinterhof übrigens nicht anzumerken. Ein Mann war betrunken und mischte sich in die Gespräche ein, wurde aber stets abgewiesen und mißachtet und manchmal auch bös angefahren – diesen Part übernahm Souad –, worauf er dann ein Weilchen leise brabbelnd wieder in den Hintergrund trat, dort aber von dem Äthiopier fleißig und mit nichtssagender Miene bedient wurde. Souad hatte mit Barbara zu schimpfen, was sie aber nicht weiter ernst zu nehmen schien, sie lachte auf seine Vorwürfe. Im Schatten saß eine Dame, die gar nicht hierher paßte, so streng und würdig sah sie aus; aber ihre Miene mit ausdrucksvollen, beweglichen Augen bewies, daß sie jedem Wort mit höchster und ernster Aufmerksamkeit folgte. Ihr Haar war rabenschwarz, wie es das in ihrem vorgerückten Alter natürlicherweise nicht mehr sein konnte, und mit Kämmen zu einer altmodischen Frisur hochgesteckt. Sie war so mager wie die Herzogin von Windsor, die Knochen des Gesichts und der Hände traten vor in jener erbarmungslosen Eleganz, die der Nordmensch mit dem Typus der spanischen Hofdame alten Stils verbinden mag, einer allwissenden, alles verschweigenden, alles bedenkenden Dueña höchsten Niveaus. Auch ihr Kleid war bemerkenswert: übermäßig großgeblümt in oliv und schwarz, von erhabener Trostlosigkeit, ein Seidenkleid mit kleinem, gleichgemusterten Bolerojäckchen, das in keinem Geschäft der Erde mehr hätte erworben werden können, ein echtes Hausschneiderinnenprodukt levantinischer Damengesinnung und kolonialer Rückständigkeit. Die Dame hatte ihren vor fünfzig Jahren weit weg von Deutschland entwickelten Stil kompromißlos bewahrt und trotzte in ihrer Haltung aller Zufälligkeit, die sie nun in diesen Hinterhof verschlagen hatte. Sie hätte in Kairo auf einem vergoldeten »Louis-Quinze-Fantaisie«-Thron nicht anders den Tee getrunken. Für sie nämlich bereitete der Äthiopier Tee, die Tasse mit dem Teebeutel stand auf der Buntsandsteinfensterbank eines Parterre-Fensters.

Souad sagte in eigentümlich wegwerfendem Ton, bei Hans handele es sich um den neuen Mieter der Dachwohnung.

»Der Dachwohnung«, sagte die alte Dame bedeutungsvoll, als habe sich dort oben etwas ihr nur allzu Bekanntes abgespielt. Sie hatte überraschenderweise einen leicht englischen Akzent, sprach aber gleichfalls gut deutsch.

»Dann werden Sie mit dem Hausbesitzer zu tun bekommen«, diese Bemerkung hatte etwas Unheilvolles.

»Der Hausbesitzer, ach Gott, ach Gott!« rief der Betrunkene.

»Viel Vergnügen«, sagte Barbara, sie nutzte die Gelegenheit, dem gedämpft auf sie einredenden Souad zu entkommen.

»Was, Hausbesitzer?« Souad war geradezu empört. »Das wird alles von mir abgewickelt.«

Die schwarze Dame wandte sich Hans mit Verschwörermiene zu. »Souad ist klug und hat vieles in der Hand, aber nicht alles.«

»Es gibt Menschen, die sind klüger als Gott«, sagte der Betrunkene sichtlich in der Hoffnung, in diesem Gesprächsmoment genau das Passende eingeworfen zu haben. Sein Glück machte ihn so stolz, daß er über seinen Einwurf nachdenken mußte und den eben angeknüpften Faden wieder verlor. Die Dame sandte einen trauernden, gleichwohl brennenden Blick in seine Richtung und machte dann mit der Hand eine vornehme Geste, eine Art Kreiseln vor ihrer gemeißelten Stirn:

Der Arme ist durcheinander, sollte das heißen. Sie konnte das natürlich nicht erschüttern.

Hans stamme gewiß aus Frankfurt? Nein? Sie gleichfalls nicht. Sie sei in Damaskus geboren, als Tochter syrischer Kopten. »Ich heiße Despina Mahmouni«, sagte sie, als sei das der erste Satz aus einem bedeutenden Roman des neunzehnten Jahrhunderts, und das war er vielleicht auch.

»Barbara, ich bin dein Freund, ich will verhindern, daß du eine Dummheit machst«, sagte Souad jetzt mit erhobener Stimme.

»Ich bin ein freier Mensch.« Die Spitznasige ließ die Augen zwischen den baumelnden Locken in unbesiegter Freude funkeln. »Und zur Freiheit gehören auch die Dummheiten – es ist schließlich mein Geld.«

Souad lauschte ihr mit dem Ausdruck eines tobsüchtigen Frosches. Was seine rhetorische Schlagkraft schwächte, war freilich das Telephon. Immer, wenn er besonders schnell und treffend hätte antworten müssen, ließ es seine Brust erzittern, und immer erstarrte er dann, als könne er sich dies krabbelnde Beben in seiner Brusttasche einen Augenblick lang nicht erklären: War ihm da etwa ein großer Nachtschmetterling ins Hemd gekrochen? Dann hatte er sich selbst und den Apparat wieder im Griff und sandte seinen Geist in unbekannte, ferne Zonen. Der Barbara hingegen war er die Antwort schuldig geblieben.

»Mein Leben hat sich früh entschieden«, sagte Frau Mahmouni. »Als ich Damaskus verließ, war ich zwanzig Jahre alt und schwanger – der Vater meines Kindes war Schotte, und ich folgte ihm nach Glasgow. Mein Vater hatte bankerott gemacht – zum Abschied gab ich ihm drei Pfund Sterling, alles, was ich besaß, ich verließ Syrien ohne einen Sou. Mein Vater weinte vor Rührung und segnete mich und sagte mir: Alles, was du anfassen wirst, wird zu Geld werden. Und so ist es auch gekommen, obwohl ich das erste Vermögen, das ich erworben habe, auch wieder abgeben mußte – mein erster Mann war ein Lump, Trinker, süchtiger Wetter auf Hunderennen, hatte ein jahrelanges Verhältnis mit seiner eigenen Tochter – ich habe die Beweise, aber was wollen Sie...« Ihr harter Blick rechnete nicht mit diesem Mann ab, der ein Verlorener war. Sie hatte den Ausdruck einer Spielerin, die in mondänem Aufzug am Roulettetisch steht, ihre Chancen kalkuliert und den hohen Verlust ohne Wimpernzucken einsteckt: Schuld oder Leicht-fertigkeit hat sie sich nicht vorzuwerfen, und auch das Risiko war ihr vorher bekannt.

»Er wollte mich ins Irrenhaus stecken« – in der Entrüstung über diesen Streich des Verblichenen verbarg sich auch Ver-achtung für den schlechten Spieler. Hans wurde jetzt erst be-wußt, daß sie ihn während der letzten Bekenntnisse fest am Unterarm gepackt hielt, als sei der eine geschnitzte Sessellehne. Sie beugte sich ein wenig zu ihm und ließ ihr lose sitzendes Gebiß – in diesem Gaumen gab es keine fleischliche Substanz, an der ein solches Stück hätte festen Halt finden können – zu den geschlossenen Lippen nach vorn quellen, was ihr Gesicht überraschend verformte, aber auch glättend anspannte.

»Souad macht es nicht gut«, raunte sie. »Die Dame dort ist frisch geschieden und recht gut abgefunden worden. Sie sucht eine Anlage, und Souad will, daß sie ihm ihr Geld anvertraut. Dabei weiß er noch gar nicht, wieviel es ist – nicht viel mehr als hundertachtzigtausend Euro, ich habe es mitgehört, als sie vorhin auf Spanisch telephoniert hat. Er denkt, er könnte den ›Habsburger Hof‹, das Hotel gegenüber, mit ihrem Geld kau-fen, er ist ganz verrückt danach, und dabei weiß er noch im-mer nicht, daß der ›Habsburger Hof‹ niemals ihm gehören wird.« Sie legte den knochigen Finger über die dünnen, jetzt zusammengepreßten Lippen und sah Hans starr und drohend an. Er gab sich alle Mühe, so leise wie möglich zu schwören, daß er nie ein Wort über diese Zusammenhänge verlieren werde.

»Du bist eine blöde Kuh«, rief Souad jetzt, »ich liebe dich, und deshalb macht mich das wütend.«

»Tja, Immobiliengeschäft macht immer viel Arbeit«, antwortete Barbara. Ihre gute Laune war das Geschenk einer ungehemmten Selbstgefälligkeit. Dann beugte sie sich zu Hans und fragte anheimelnd-gesellig-herzlich: »Und was machen Sie so Schönes?«

Hans sah sich nach den Ukrainern um, aber die waren längst stumm im Dunkeln abgezogen.

IV

»Sie haben hier den Riesenvorteil, daß ich tagsüber oft in der Autowaschanlage bin und von dort aus alles am Haus überblicken kann«, sagte Abdallah Souad. »Es kann praktisch niemand das Haus betreten, ohne daß ich das weiß.« Es wurde ihm, in dem Augenblick, da er sich rühmte, wohl selbst klar, daß man diese vollkommene Überwachung vielleicht nicht nur genießen mochte. Er fügte deshalb hinzu, daß er oft, allzu oft gar nicht hinüberschaue, er sei mit den eigenen Angelegenheiten mehr als belastet. Das Personal der Autowaschanlage, gegenwärtig zwei Männer, einer aus Ghana, der andere aus Albanien, bedürften eiserner Aufsicht. Es wisse heute niemand mehr, was Arbeit sei.

»Arbeit«, sagte Abdallah Souad mit anklagendem Nachdruck, »ein Fremdwort. Das muß überhaupt erst wieder gelernt werden.« Barbara war mit dem Taxi davongefahren, und es war der Äthiopier, der ihr mit unwandelbarem Lächeln den Schlag geöffnet hatte. Souad blieb mürrisch sitzen, war sitzend von Barbara, deren Lockenschlangen bei dieser Prozedur seinen Kopf verbargen, auf die Wangen geküßt worden, wobei sie, in dem Bestreben, die flüchtige Berührung mit den Lippen sinnlicher erscheinen zu lassen, als sie war, »Mm« und »Mm« bei jedem Kuß machte, und schaute ihr mit leerem Blick hinterher, als ein solchermaßen Geküßter wohl mit einem gewissen Recht. Wie sie kicherte und mit vorgestrecktem Popo in engen, dünnen Hosen schauspielerisch küßte, war sie vielleicht gar ein bißchen beschwipst. Frau Mahmouni harrte ungerührt weiter in der Nacht aus. Sie saß so hingegossen in dem Kunststoffklappstuhl, als entspanne sie sich nach Vorstellung bei der englischen Königin in einem Teezelt auf dem Rasen des Buckingham-Palastes. Jetzt wandte sie sich dem Äthiopier zu und sprach raunend und eindringlich in sein zart gelbliches Ohr. Später wurde klar, daß sie stets so lange ausharrte wie er, weil er sie nach Hause brachte. Er war Nachtportier in dem Hotel, in dem Frau Mahmouni wohnte.

»Es ist schrecklich mit einem Menschen, der nicht weiß, was er will«, sagte Souad. »Ich sage zu ihr: Du weißt nicht, was du willst.« Das war in seinem Verständnis eine beunruhigende Analyse, die sich seine Freundin zu Herzen hätte nehmen müssen, am besten so: »Ich sehe ein, daß ich nicht weiß, was ich will, und werde deshalb von jetzt ab tun, was du willst.«

»Darauf wird es sowieso hinauslaufen«, sagte Souad, der den letzten Gedanken freilich nicht hatte laut werden lassen, deshalb etwas abrupt. »Zum Schluß wird sie machen, was ich gesagt habe – und dann ist es vielleicht zu spät.« Im übrigen tue er seit Wochen kein Auge mehr zu.

Seine Miene änderte sich. Das Muffige, das seine Werbung um Barbara so unvorteilhaft begleitet hatte, verschwand. Er strahlte verhalten. Es war, als öffne er den Deckel einer Schatztruhe und sehe darin die Dukaten glänzen. Er sei erschöpft von der Liebe. Er habe im Grunde keine Zeit mehr für anderes als die Liebe.

»Ich bin achtundfünfzig – ich weiß, man sieht mir das nicht an, ich färbe das Haar etwas, aber den Körper können Sie nicht betrügen. Ich habe allein gestern nacht zweimal Liebe gemacht – bedenken Sie mein Alter.« Er sah Hans offen und ohne Neid an. Er erinnerte sich, was ein junger Mann leistete, und machte sich nichts vor. Dafür nehme er sich jetzt viel mehr Zeit, und das Erlebnis werde stärker, erschütternder. Und es sei überall und in jeder Situation zu haben. Er tippte auf das Telephon in seiner Brusttasche, dies bebende Wesen, das seine elektronischen Erschütterungen unmittelbar an seine Haut weitergab. Souad behielt Frau Mahmouni fest im Auge, als versuche sie ihm die Worte von den Lippen abzulesen, was man sich durchaus vorstellen konnte. Aber war Souad eigentlich an Geheimhaltung gelegen? Wollte er sein physisches Glück nicht am liebsten mit der ganzen Welt teilen?

Dieses Glück hatte begonnen, als eines Tages eine Frau anrief, die er nicht kannte und die ihn, wie sie behauptete, gleichfalls nicht kannte – »obwohl ich das für ausgeschlossen halte, ich bin überzeugt, sie hat sich nicht verwählt«.

Ihre Stimme war warm und wohlklingend, und sie lachte so nett, als das Mißverständnis sich aufklärte. Man wußte nicht wie – auf einmal war man im Gespräch. Und diese sinnliche, sanfte Stimme verführte Souad dazu, die Unterhaltung ein wenig verfänglicher zu gestalten. Sieh da, sie ging darauf ein.

»Was man so sagt«, erklärte Souad in dem Ernst, in dem ein Mann dem anderen Mann Geständnisse macht, denn alle Männer sind bekanntlich gleich und sagen dasselbe. Hans konnte schlecht ableugnen, er wisse nicht, »was man so sagt«. Er hatte dabei mit Eroberungen eigentlich gar keine Erfahrung. Was sich in seinem Leben an Abenteuern ergeben hatte, war durch ein beinahe unmerkliches Hineingleiten zustande gekommen, es war wie beim Struwwelpeter-Hoffmann, als der Hans-guck-in-die-Luft ins Wasser fällt und seine Mappe verliert: Kaum ist er triefnaß an Land gezogen, heißt es: »...und die Mappe schwimmt schon weit«. An das wichtige Zwischenstadium, nachdem er ein Mädchen kennengelernt hatte, bis zu dem Zeitpunkt, an dem »die Mappe schon weit schwamm«, konnte er sich nicht einmal bei seiner Frau erinnern, bei ihr war ihm schon geradezu, als habe es sie immer gegeben, einer erstaunlichen Nichtachtung und Wesenlosigkeit fiel die Zeit vor ihrem Auftreten anheim. Als Historiker seines Lebens jedenfalls versagte Hans spektakulär. Souad hingegen bewahrte den einzelnen Stufen seiner Eroberungen ein genaues Gedächtnis. Er war Jäger – so bezeichnete er sich jetzt wörtlich –, er wolle die Frau nicht serviert bekommen, sondern sie zur Strecke bringen.

»Sehen Sie mal hier«, er ließ das Display seines Telephons aufleuchten und Hans die Botschaft lesen, die er angeblich soeben empfangen habe. »Je veux faire l'amour avec toi, chéri.«

»Ich verachte so etwas«, sagte er streng, indem er die Botschaft wegdrückte, ob in den Orkus der Vergessenheit oder doch in ein geheimes Vorratsfach, blieb unbesprochen. Einzigartig war, wenn man ihm glaubte, die Entwicklung gewesen, in der die Fremde mit der schönen Stimme immer weniger fremd geworden sei und Einblicke in ihre Vergangenheit gewährte. Wie kostbar war der Augenblick, in dem er verstand, daß sie ihre Erlebnisse im Bett nicht widerwillig preisgab, als er scheinbar nüchtern und mit der Objektivität ärztlicher Lebenserfahrung das Thema einzukreisen begann – man kann unter erwachsenen Menschen schließlich alles, mit der gebotenen Dezenz freilich, besprechen –, sondern geradezu darauf wartete, die letzten Hemmungen abzustreifen und ganz und gar indezent zu werden. Stundenlang habe die Unterhaltung inzwischen gedauert. Lange nach Mitternacht sei man endlich zur Sache gekommen. Sie sprach über ihren ersten Liebhaber; ob man damit weit in die Vergangenheit zurückging oder nur vom letzten Jahr die Rede war, wollte Souad bewußt zunächst unerörtert lassen.

»Sie sagte, sie sei zweiundzwanzig, die Stimme klang zwar älter, aber man kann sich in Stimmen irren.« Souad wußte von Fällen, in denen eine gurrende, erotisierende Stimme mit grauer Unscheinbarkeit der Erscheinung einhergegangen sei. Das Meer der Erfahrungen war uferlos. Wer sich darin treiben ließ, begegnete immer neuen Meeresfrüchten, mit bizarren Formen und von schlüpfrig schimmernder Leiblichkeit. Souad durfte jetzt wie ein Untersuchungsrichter fragen, streng und keine Ausflüchte zulassend.

»Was genau hat der Mann mit dir gemacht? Wie hat er dich ausgezogen? Hat er die Backen angefaßt, als er den Schlüpfer heruntergerollt hat? Waren deine Beine breit oder zusammen? Wo waren seine Hände?« Und dann nach einer Weile, als sie bereits auf viele solche Fragen scheinbar zögernd, sich dann aber überwindend immer ausführlicher Auskunft gegeben hatte, habe er es gehört, das schönste aller Geräusche, seinen Triumph, die Vorbereitung seines eigenen höchsten Glücks: ein etwas heftigeres Atmen, ein leises Japsen.

Ob er die Frau danach kennengelernt habe? Hans fühlte sich zu einer Frage verpflichtet, denn die Stille, in der Souad nach der Wirkung seiner Worte im Gesicht seines Zuhörers forschte, war ihm peinlich geworden. Souad guckte seinen Mitmenschen so rücksichtslos ins Gesicht, daß man schon von einem Angaffen sprechen mußte, das auf eine Gegenseitigkeit der Blicke gar nicht mehr aus war. Was der andere dazu denken mochte, wenn er so gemustert wurde, war Souad gleichgültig. Sein Gegenüber wurde in solchen Augenblicken gleichsam zur Leiche, die der Gerichtsarzt in der Morgue untersucht.

»Ich kenne sie, wir sprechen jeden Tag, sie hat mir auch ihre

Freundinnen zugeführt, ich kann mich vor Anrufen nicht mehr retten«, sagte er schließlich mit Behagen.

»Und wie sah sie aus?«

»Sie hat mir ein Bild geschickt. Ein schönes Bild. Sie sieht darauf aus wie ein Photomodell, aber ich glaube, das Bild zeigt nicht sie. Niemals werden wir uns treffen, wo denken Sie hin. Ich bin ein vermögender Mann, ich habe die Waschanlage, ich habe ...« Hier senkte er mit Blick auf die weiterhin raunende, weiterhin kühl zu Hans und Souad hinübersehende Frau Mahmouni die Stimme, »ich habe noch andere Interessen, jede Menge – ich bin geschieden, meine Frau hat keine Ansprüche, alles ist geklärt –, von einem solchen Mann träumen die Frauen, aber nicht mit mir«. Man müsse aufpassen, das sei seine Lebensregel: Vor allem aufpassen. Diese Regel sei auf vieles anwendbar, auf alles letztlich.

»Tu was du willst, aber paß auf.« Er blieb allein in seinem Bett, hatte aber das Telephon am Ohr und erlebte die reichsten und auslaugendsten Liebesstunden, wie schon lange vor seiner Scheidung nicht mehr – und er sei mit einer der schönsten Frauen weit und breit verheiratet gewesen – der schönsten überhaupt, aber ohne Herz und Hirn. Er vermisse sie keinen Tag. Immerhin hatte er aus seinen Ehetagen etwas Praktisches im Gedächtnis behalten.

»Wo werden Sie schlafen, wenn Ihre Frau morgen kommt?« Im Keller stehe noch ein großes Bett, das werde er morgen von dem Ghanesen in den vierten Stock schaffen lassen.

Hans hatte drei Bierflaschen geleert. Der Äthiopier ersetzte mit Diskretion jede leere Flasche augenblicklich durch eine volle. Aber die Mondnacht sprach deutlicher zu ihm, seitdem er etwas Alkohol im Blut hatte und aus dem Licht der Bogenlampe in den Schatten gerückt war. Sonnenlicht war so stark, daß es den ganzen Himmel leuchten ließ, aber der Mondschein überglänzte nur sanft, was unter ihm lag. Es war im Mondlicht, wie wenn man bei einer Kerze sitze, die den Gegenständen einige Lichter aufsetzte und sie im übrigen ins Dunkel übergehen ließ. Man ahnte die Massen nur noch, die sich in eigensinniges Schwarz zurückzogen. Das machte die Räume kleiner und größer zugleich. Schließlich war ihm zumute, als habe er einen Raum im eigenen Körper betreten, der groß war, dessen Grenzen sich nicht abschätzen ließen, und der dennoch etwas von einer Höhle hatte. In dieser dunklen Höhle war es zu den Gesprächen des späten Abends gekommen, die so ungewohnt für ihn waren, die ihm aber zugleich das Gefühl gaben, in der Wohnung, die er gemietet hatte, schon längst zu Hause zu sein.

Wenn Frau von Klein von der »Scheußlichkeit« Frankfurts sprach, mochten viele ihr zustimmen, ohne darüber nachzudenken, worin diese hoheitsvoll diagnostizierte Scheußlichkeit eigentlich bestehe. Hing Frau von Klein etwa an der im Krieg und während des Wiederaufbaus restlos vernichteten mittelalterlichen Stadt? Mittelalter und Frau von Klein, das war gewiß keine glaubwürdige Konstellation. Sie machte sich das Urteil mit der Scheußlichkeit etwas zu leicht. Verwüstet durch den Aufbau war jede von Bomben zerstörte deutsche Stadt. Jede von ihnen enthielt Schreckensorte, die eindringlicher als jedes Mahnmal davon sprachen, was durch den Krieg in Deutschland geschehen war. Das spezifisch Abstoßende an Frankfurt war daran gemessen etwas Zartes, das erst aufgestöbert und ins Bewußtsein befördert werden mußte: Ausgesogenheit konnte man es nennen, Verödung von Lebensadern, einen Pappkartongeruch, den feinen Staub in einem Lager mit Büroartikeln, den vollständigen Verlust von Hall und Timbre durch einen habgierigen Ausbau und die Nutzbarmachung von verborgenen Kavernen, Hohlräumen, in denen die alte Stadtluft gleichsam konserviert hätte werden können, von vergessenen Speichern, von gegenwärtigem Gebrauch entzogenen Vorräten, die eine geheime Reserve für die Zukunft hätten bilden müssen. Die Stadt war ausgeräumt, wie es im Deutsch der Gynäkologen bei gewissen radikalen Operationen heißt. Das war es vielleicht, was die Leute ahnten, wenn sie, ohne große Kenntnis, die Stadt verwarfen, und was auch Hans auf dem Fahrrad auf jeden Fall in der Innenstadt empfand, obwohl er weit entfernt davon war, es aussprechen zu können. Auf dem Baseler Platz trat dies Ausgesogen- und Ausgeräumtsein sogar in besonderem Maße ans Licht.

Aber jetzt hatten der kalte Mond und die noch kälteren Bogenlampen das Haus, den Hof und den Platz unversehens angeglüht. Es war, als knacke es leise in den Gemäuern, und das war keineswegs eine harmlose Empfindung. Behaglich und gastlich war einem bei diesem Knacken nicht zumute. Das blies sich auf, das Haus schlug gleichsam die Augen auf, und das ist bei einem Totgeglaubten ein erschreckender Anblick.

*

Am nächsten Abend sollte Ina mit ihrer Mutter am Flughafen eintreffen. Frau von Klein hatte nur zwei Stunden Aufenthalt, dann würde sie nach Hamburg weiterfliegen. Es war gut zu wissen, daß sie bei der ersten Wohnungsbesichtigung nicht dabei sein würde. Hans vertraute Ina, aber er fühlte sich der Lage nicht gewachsen, ihr seine Wohnung vorzuführen und sie dafür zu gewinnen, wenn gleichzeitig die mit Gewißheit zu erwartenden galligen Kommentare seiner Schwiegermutter zu bekämpfen wären. Frau von Klein fand grundsätzlich eine einzige Art von Haus bewohnbar: den in den fünfziger Jahren entwickelten Walmdach-Bungalow, wie er die nach dem Krieg entstandenen Villenviertel zierte. Ob sehr groß oder weniger groß war gar nicht so wichtig. Ein Schloß lehnte Frau von Klein jedenfalls grundsätzlich ab. Das schuf zuviel Abhängigkeit, in einem Schloß war man auf andere Leute angewiesen, die man nicht einfach wegschicken konnte. Treppen waren gleichfalls ein Graus. Ein Haus, in dem sie leben sollte, mußte vollständig ebenerdig sein, damit man nicht außer Atem geriet, wenn man nur ins Schlafzimmer ging. Treppen bedeuteten zwangsläufig, daß der Gegenstand, den man gerade eben brauchte, im anderen Stockwerk war. Es sollte hübsch konservativ und landhausmäßig aussehen bei ihr – dafür stand das Walmdach –, aber im übrigen praktisch und modern sein und sich keinesfalls von den Häusern ihrer Freunde unterscheiden. Aber würden die Treppen am Baseler Platz wirklich verhindern, daß sie nicht doch einmal die Anstrengung unternahm, sich dort hinaufzubemühen?

Mittags rief Souad im Büro an. Er war nicht allein. Hans hörte im Hintergrund Barbara kichern.

»Wir haben das Bett hinaufgeschafft«, sagte er mit seiner hellen Heiserkeit, und Barbara rief im Hintergrund: »Die Turteltäubchen! Ruckedigu! Ruckedigu!«

Hans war bei der Aussicht, Ina heute abend wieder bei sich zu haben, so aufgeregt, daß er die Indiskretion der ganzen Situation kaum empfand und sogar für die Familiarität, die in dieser Unterstützung lag und die er ebenso gut hätte Distanzlosigkeit nennen können, dankbar war. Das Wetter übernahm gleichfalls einen Part an diesem spannungsvollen Tag. Der Morgen war, überraschend genug nach der klaren Mondnacht, drückend und grau. Es wurde nach Souads Anruf immer dunkler, als solle es geradezu Nacht werden. Im Büro gingen überall die Neonröhren an, und dann tat es einen Donnerschlag, daß Hans meinte, die Bleistifte auf seinem Schreibtisch müßten in die Luft springen. Vor den Fenstern des zwanzigsten Stocks eröffnete sich ein großartiges Kriegspanorama. Die Blitze stürzten wie sich verzweigende und mäandrierende Flüsse vom Himmel. Die Stadt verwandelte sich unter den gewaltigen Donnerschlägen in eine Pauke, auf die gnadenlos eingeschlagen wurde. Dazu knatterte und zischte es, als zerreiße das Trommelfell schließlich unter den Schlägen, und dann ergoß sich der Regen in Sturmfluten. Schwall und Rauch und Klebrigkeit der letzten Tage wurden von der Stadt abgewaschen, als sei sie in Souads Waschanlage geschoben worden. Das Wasser spritzte und sprudelte und quoll aus den verstopften Gullys, es kam nicht nur vom Himmel herab, sondern stieg auch aus der Erde auf. Im übrigen verhielt sich der Himmel wie ein cholerischer Mensch, der in der Wut gleichsam erblindet und alles kurz und klein schlägt, um alsbald erschöpft in sich zusammenzufallen. Auf den Straßen standen noch die Seen, da lächelte es von oben schon wieder hellblau herab. Zu einer wirklichen Erfrischung fehlte aber viel. Die Feuchtigkeit verdampfte, es wurde schnell wieder warm.

In der Kunstwelt des Flughafens war von solchen Exaltationen nichts zu ahnen. Mutter und Tochter waren sanft gebräunt, die Mutter eine Spur mehr als die Tochter, Ina nur wie angehaucht, aber dadurch noch verschönt, auch etwas weniger zart als bei der Abreise. Vor Frau von Klein in Wiedersehensentzücken auszubrechen, verbot sich für sie beide, aber Hans bemerkte an Inas Schweigen und Lächeln, wie glücklich sie war, wieder bei ihm zu sein. Jede Minute, die sie da immer

noch mit Frau von Klein in einem Flughafen-Café sitzen mußten, war ihnen eine Qual. Hätte die Schwiegermutter sie nicht
einfach wegschicken können? Sie dachte gar nicht daran.

»Ich hoffe, ihr habt ein Gästezimmer«, sagte sie beim Abschied. Es war eine Denkunmöglichkeit für sie, im Hotel zu
wohnen. Sie wäre sich wie eine Landstreicherin vorgekommen.

Viele Vorbereitungen hatte Hans nicht treffen können. Das
Büro ließ wenig Zeit für Einkäufe, man schien sich sogar zu
wundern, daß er um halb sieben schon aufbrach. Sein Plan sah
so aus: Man konnte natürlich in der Pension schlafen, aber er
dachte doch darauf hinzuwirken, daß sie in der neuen Wohnung, in den hallenden leeren Räumen campierten. Er wollte
die Wohnung gemeinsam mit Ina in Besitz nehmen. In der
Mittagspause hatte er Champagner und eine gebratene Ente
gekauft, Bettzeug war auch in der Tasche. Er hatte an Kerzen
gedacht, um das nackte Glühbirnenlicht ausschalten zu können. Im Parkhaus küßten sie sich, kaum daß sie im Auto saßen,
wie einst die Liebespaare im Autokino. Sie blieben recht lange
an diesem unwirtlichen Ort und fuhren erst weg, als ihnen der
Fahrer des Nachbarautos in die Scheibe sah. Beide sprachen
vergnügt. Hans bereitete Ina auf das Kommende vor.

»Du darfst nicht entsetzt sein. Es ist nicht schön. Wir müssen es uns schön machen.«

Ina erzählte von Ischia. Sie hielt es für ausgeschlossen, daß
er einen Fehler gemacht haben könnte. Der Abend half ihm,
die Ankunft zu schmücken. Der Himmel war seidenblau,
Mond und Sterne leuchteten trotz der Helligkeit mühelos. War
der Baseler Platz wirklich so schlimm? Selbst die roten Brems-
lichter der Autos trugen bei, ihn festlich zu illuminieren. Im
Hof parkten sie. Die abendliche Runde war wegen der Nässe
offenbar noch nicht zusammengetreten, der Rolladen vor dem

äthiopischen Stehimbiß ließ den Ausschank ebenso ausdruckslos aussehen wie seinen Besitzer. Sie stiegen die Treppen hinauf. Es polterte im Treppenhaus. In der Wohnung schlug ihnen der Farbgeruch entgegen, da hätte man tüchtig lüften müssen. Hatte Hans die Fenster nicht offen gelassen? Jetzt waren alle geschlossen – von Souad, wie sie anderntags erfuhren, der durch das Schlagen der Fensterflügel während des Gewitters alarmiert worden sei. Der große Eckraum in seinem gleißenden Sahneweiß gefiel Ina. Sie trat ans Fenster und sah auf die Lichter draußen. Sie war in der Stimmung eines Kindes, das im Speicher seines Elternhauses zum ersten Mal auf Entdeckungsfahrt geht, und das im Rausch des Geheimnisses bereit ist, jedem Ding, das es dort oben findet, eine besondere Bedeutung zuzumessen. Hans breitete sein Picknick auf dem Tisch mit den gedrehten Säulenbeinen aus. Als sie sich umwandte und die Flasche und die gebratene Ente sah, machte sie eine Miene, als sei dies alles in einem Zauber durch die Luft geflogen. Sie tranken aus demselben Glas, Ina nicht viel, denn sie mochte eigentlich gar keinen Champagner, was Hans hätte wissen können, aber er hatte sich ganz von der Vorstellung einer Liebes-Theater-Inszenierung hinreißen lassen.

»Willst du das Schlafzimmer sehen?« Er ging durch den Flur voran. Er öffnete die Tür und machte Licht. Tatsächlich, Souad hatte nicht zuviel versprochen. Dort stand ein breites Polsterbett mit ziemlich fleckigen Matratzen. Aber was war in diesem Zimmer geschehen? An den Wänden klebten dicke Dreckbatzen, weiß-schwarze Spritzer, als habe jemand einen schmutzigen dicken Pinsel ausgeschüttelt. Auch auf dem Bett war weißer Dreck. Hans stand noch verwundert, als Ina schon begriffen hatte und aufschrie.

Auf dem Boden hockte eine große Taube, satt aufgeplustert

in einer Federpracht, die dem verwilderten Großstadttier gar nicht zuzutrauen war. Nein, sie hockte nicht. Sie lag auf dem Bauch und hatte sich mit den Flügeln zugedeckt, der Kopf war still zur Seite gedreht, das runde Vogelauge starr zur Decke gerichtet.

»Faß sie nicht an«, rief Ina, die zitterte und sich nicht von der Stelle rührte.

»Sie ist tot«, sagte Hans, »aber wie ist sie hier hereingekommen?«

Die Taube war äußerlich unverletzt. Er holte aus der Küche eine Kehrichtschaufel – die Küche war der am vollständigsten ausgerüstete Raum – und schob sie unter die Taube. Sie war so leicht, als bestehe sie nur aus dem Federkleid. Ina hatte sich herumgedreht. Sie schwieg. Sie wandte alle Kraft darauf, sich zu beruhigen.

»Verzeih bitte«, sagte sie, als sie ihn schließlich mit einem fremden Gesicht ansah, aber immer noch, als wolle sie gleich in Tränen ausbrechen, »ich habe vergessen, dir zu sagen, daß ich eine furchtbare Angst vor Tauben habe.«

Hans machte kein Federlesen. Sie verließen sofort die Wohnung und fuhren in die Pension. Das war ohnehin bequemer.

V

Es war bequem, und es war darüber hinaus sogar geboten, die neue Wohnung für diese Nacht noch einmal zu verlassen, denn Hans hatte an vieles gedacht, aber nicht an Handtücher. Man hätte sich nach dem Baden einfach von der Luft trocknen lassen müssen, was in der Hitze auch gar nicht so unangenehm gewesen wäre wie im Winter. Es kam hinzu, daß Ina ohnehin die Matratze des Bettes nicht hätte sehen dürfen. Weder den Taubendreck, noch, was sich da sonst von gelblichen Rändern umgeben verfärbt hatte, hätte ein später darüber gelegtes Laken vergessen lassen. Ina empfand da wie die meisten Leute, sie war nur noch ein bißchen empfindlicher. Wenn die Gäste wüßten, wie es in der Küche des teuren Restaurants, in dem sie sich niedergelassen haben, zugeht, würden sie keinen Löffel Suppe essen, aber ohne dies Wissen schmausen sie vergnügt.

Hans beruhigte sich mit diesen Überlegungen gern, aber voreilig. War nicht doch etwas Nachhaltigeres in Ina ausgelöst worden, als sie die tote Taube erblickte? Ihre Freude und ihre verliebte Neugier – war sie nicht in heiterster Stimmung gewesen? – hatten sie empfangsbereit gemacht für alles Neue, was er ihr bot. Selbst das Treppenhaus hatte sie noch außergewöhnlich gefunden, diesen steilen Turm, in dem jeder Schritt einen Lärm machte, als habe man beim Kegeln alle Neune getroffen. Sie hatte ihr Herz weit geöffnet, leider eben auch für Bilder oder vielmehr ein Bild, das sie keinesfalls hätte sehen dürfen. Es war schließlich das Schlafzimmer, in das sie, in schönster verliebter Erwartung, so sagte sich Hans, der sich berechtigt fühlte, seine und ihre Empfindungen gleichzusetzen, eingetreten war und das sie, schon in der Vorstellung, was sich gleich dort ereignen würde, gleichsam besetzt vorfand: von der Taube, die es nach allen Höhen und Breiten um sich spritzend in Besitz genommen und sich dann in dieser unheimlichen Entspanntheit, in der Haltung weiblicher Hingegebenheit als Gattin und brütende Mutter, tot darin niedergelassen hatte. Daß Hans versprach, die Ukrainer würden morgen schon das Schlafzimmer aufs neue weißeln, schon morgen würde der Ghanese das beschmutzte Bett wieder in den Keller tragen, schuf nur vordergründige Ruhe. Es blieb die Besorgnis, daß da irgendwo ein Loch sein müsse, durch das die Taube sich hindurchgezwängt habe und das weiteren Tauben Zugang zu diesem Schlafzimmer gewähre – »Stell dir vor, ich komme nackt aus dem Bad, und im Schlafzimmer flattert eine Taube.«

In dieser Vermutung lag bereits ein schriller Ton, mit kalten Sinnen war sie nicht gesprochen. Und nüchterne Überlegungen – Hans kreiste wie ein zweiter Dr. Watson die Möglichkeiten der Taube ein, in dieses Schlafzimmer vorzustoßen – konnten denn auch kaum Gehör finden. Die Fenster der ganzen Wohnung hatten weit offen gestanden, um den Farbgeruch abziehen zu lassen. Da sei die Taube hineingeflogen und habe unter dem Bett gesessen, wie sie auf der Straße häufig unter den geparkten Autos herumgepickt hatte –, als Souad wegen der schlagenden Fensterflügel während des Gewitters die Wohnung betrat und ihren Fluchtweg verschloß. Als die Taube erkannte, daß sie gefangen war, habe sie die Nerven verloren. Das brauchte er Ina gar nicht erst auszumalen, das sah sie selber so eindringlich vor sich, daß sie die Hände vor die Augen hob. Aus der ekelerregenden wurde die bemitleidenswerte Taube. Ihr verrücktes Flattern und ihr Knallen gegen Decken und Wände, ihre wilden Darmentleerungen, um überhaupt noch irgend etwas zu tun, und ihr Niederhocken und Sterben durchlitt sie wie eine Schwester.

»Es lebt etwas von dieser Taube in unserem Schlafzimmer. Sie hat in diesem Zimmer Todesangst gehabt, und das ist ein derart starkes Gefühl, daß etwas davon zurückbleibt«, sagte Ina ins dunkle Pensionszimmer hinein, nachdem Hans sie mit allen einem Ehemann zu Gebote stehenden Mitteln zu beruhigen gesucht hatte. Die Wiedersehensnacht, die er sich erhofft und erträumt hatte, wurde es freilich nicht.

Es stellte sich jetzt auch heraus, daß die drei Wochen mit Frau von Klein an den Nerven dieser gehorsamen und hingegebenen Tochter gezerrt haben mußten. Es war ungemütlich in der Gegenwart von Frau von Klein. Sie hatte eine Eigenschaft, die selbst ihre Tochter nicht verstand: mit allen Bedingungen, die sie umgaben, höchst unzufrieden zu sein, alles einer harschen Kritik zu unterziehen, an nichts Gebotenem ein gutes Haar zu lassen und gleichzeitig in großer Gelassenheit und unantastbarem Seelenfrieden zu leben. Nicht einmal Ina hörte auf, darüber zu staunen, daß ihre Mutter nicht aus dem seelischen Gleichgewicht zu bringen war, was ihr an Tadelnswertem auch zustoßen mochte. Sie wußte sich immer auf der sicheren Seite und wählte ihren Platz im Leben grundsätzlich gleichsam neben dem Notausgang.

Hans sah, daß es das Beste sei, Ina die eigentliche Einrichtung der Wohnung zu überlassen. Geschlafen werden konnte eigentlich nur in dem Tauben-Zimmer. Es lag zum Hof und war ruhig, es lag neben dem Bad, und es war größer als »Ma-

mas Zimmer«, wie der Raum daneben tatsächlich schon hieß, und zwei weitere Räumchen, die wohl am besten in begehbare Kleiderschränke zu verwandeln waren. Aber hätten sie nicht auch in dem großen Zimmer schlafen können, das nach Süden und auf den betriebsamen Platz blickte? Warum sollten sie nicht Wärme, Weite und Leben von dort unten auch im Bett auskosten? An größere Einladungen mit Abendessensgästen war ohnehin noch nicht zu denken. Sie kannten hier keinen Menschen.

Ina tat ihre Arbeit sehr geschickt und mit leichter Hand. Bald schon bauschten sich prachtvolle Vorhänge aus irgendeinem künstlichen Futterstoff vor den Fenstern, und ein Großeinkauf in dem planend bereits genannten Möbellager füllte die Räume mit Korbsesseln, Kissen, Tischchen und Lampenschirmen, daß es schon beinahe wie in den Katalogen dieses Möbellagers bei ihnen aussah. Es war, als solle eine Bühne ausgestattet werden, wozu der große Raum auch verführte durch seine tatsächlich theaterartig anmutende Leere. Nachdem der Möbelwagen ausgeladen war, konnte man wirklich glauben, Ina habe in die Hände geklatscht und wie im indischen Märchen einen Palast, nun, ein Palästchen, ein geschmackvolles, jugendlich farbenfrohes Heim von Geisterhand herbeigetragen bekommen.

Und wo war das Schlafzimmer? Es war, Hans rührte aber mit keinem Wort daran, dort, wo es vernünftigerweise auch hingehörte. Die Wohnung wußte bei ihrer Einrichtung auch ein Wort mitzureden. Ob da am Ende doch ein geheimer Kampf hatte ausgefochten werden müssen, ahnte Hans freilich nicht. Ina ging so ernsthaft in ihrem Einrichtungswesen auf, daß die seelische Befangenheit, die sie ausstrahlte, auch schöpferische Zerstreutheit sein mochte, eine Unfähigkeit, sich mit etwas anderem zu beschäftigen als der Verwirklichung ihrer Pläne. Und Zeit hatte sie sich nicht gelassen. Sie hatte die Wohnung mit einer Geschwindigkeit in Schuß gebracht, als werde sie in einem Büro erwartet und müsse so schnell wie möglich damit zu Rande kommen.

In ihrer blitzenden Frische mußte die Wohnung jeden überraschen, der durch die öde Verbrauchtheit der Umgebung zu ihr vordrang. Man konnte hier oben wirklich vergessen, in welchem Viertel man sich aufhielt. Hans machte Ina große Komplimente für ihre Leistung. Er bewunderte die wolkige Pracht des falschen roten Tafts, der als Abbreviatur eine lustige Salon-Illusion erzeugte, und dankte ihr von Herzen. Im Grunde entspreche eine derartige Wohnung in einem solchen Viertel der Umwandlung, in der die gesamte Laster- und Vergnügungswelt begriffen sei. Die Erleichterung darüber, daß dies Wohnungswagnis doch noch gelungen sei, verleitete ihn dazu, sich als Soziologe zu versuchen. Der altgewohnte Huren- und Spielerbetrieb, die Netzstrumpfträgerinnen, die das Handtäschchen schwenkten, die dicke Schminke, der Schmutz der Hinterzimmer, das Unbürgerliche, die alte Vorstellung eines unberührbaren, aber vielfach nützlichen fahrenden Volkes stünden an ihrem Ende. Eine Hure sehe heute nicht mehr aus wie eine Hure, sondern wie die Verkäuferin in einer Boutique oder eine Studentin der Zahnmedizin; man benötige auch keine anrüchigen Quartiere mehr, denn man telephoniere sich schnell zusammen – ihm fielen wohl Abdallah Souads Geständnisse ein –, bald gehörten die Prostituierten ohnehin zu den Lebenshilfeberufen, wie therapeutische Masseure oder Psychotherapeuten. Die ganze Vorstellung von schlechten Vierteln und gefährlichem Publikum, von rotem Licht und Verstohlenheit sei gestrig, in der Realität kaum mehr aufzufinden.

Was es in dieser Hinsicht noch gebe, müsse geradezu unter Denkmalschutz gestellt werden wie andere aussterbende Berufe. Dachte er da an die Schweden-Reise mit Ina, als sie in einem Museumspark der wettergegerbten Samländerin beim Besticken eines Robbenfells zugesehen hatten?

»Meinst du, du könntest das der Mama erklären?« fragte Ina. Keine Ironie schwang in dieser Frage mit. Sie versuchte sich wirklich vorzustellen, wie solche Argumente auf ihre Mutter wirken müßten.

Jetzt hätte die Einweihung der Wohnung gefeiert werden können. »House-Warming-Party« wurden solche Feste in Hans' amerikanischer Bank genannt, aber die Vorstellung, den heimischen Herd mit Fest und Opfer zu installieren, ist uralt. Den kleinen Geistern, die mit einem bestimmten Ort verbunden waren, mußte auf eine ihnen verständliche Weise mitgeteilt werden, wer jetzt hier wohnen werde und wer dabei nicht gestört, sondern geschützt und gefördert werden solle. Das Fest als die stilisierte Hochform des Lebens bereitete den Ort für den zukünftigen Alltag vor. Hans und Ina hätten sich, wenn sie um Gäste verlegen gewesen wären, jede beliebige Zahl davon aus anderen deutschen Regionen kommen lassen können, und auch der ratgebende, vorbildlich unabhängige Sportsmann aus dem Büro wäre gewiß ein guter Konvive gewesen – auf die Versammlung im Hinterhof hätte gar nicht zurückgegriffen werden müssen –, aber es war ihnen beiden nicht nach Feiern zumute. Der richtige Augenblick dazu war verpaßt. Die Rückkehr von Ina, von ihnen beiden so heiß erwartet, hatte zwar stattgefunden, aber nicht richtig geklappt; so hätte es ein Filmregisseur, der zugleich Lebensregie betrieb, vielleicht ausgedrückt und Ina vielleicht einfach noch einmal abreisen und noch einmal ankommen lassen.

Dazu kam, daß Hans vom Büro ungeachtet der sommerlichen Ferienzeit hart herangenommen wurde, was ihn eigentlich nicht belastet hätte, jung und gesund und hoffnungsfroh, wie er war. Wäre ihm von Ina sofort ein schneller Rhythmus abverlangt worden, er hätte sich ihm mit Freuden unterworfen, aber nun war sie nachdenklich, wollte nicht ausgehen, litt unter der Hitze, hatte auch immer noch mit der Wohnung zu tun, und so ließen sie denn diese Zeit still angehen, und es kam ihnen sogar vor, als sei das jetzt ganz angemessen und anderes gar nicht wünschenswert. Wenn das Pulver naß geworden ist, ärgert sich nur der darüber, der gerade damit schießen wollte. Wer nicht schießen will, bekommt es gar nicht mit.

Die Morgende enthielten während dieser nicht abreißenden Hitzeperiode jedesmal die Verheißung, der Tag könne die Schönheit und Milde der frühen Stunden noch ein wenig länger bewahren. Hans schlief beträchtlich kürzer als im Winter. Wenn die Sonne aufgegangen war, schlug auch er die Augen auf, obwohl Ina im Schlafzimmer schwarze Rouleaus angebracht hatte, die das Licht ausschlossen. Sein Körper wußte dennoch, wann es draußen hell war. Er stand leise auf, ließ Ina in tiefem Schlaf zurück und legte sich im von bläulich-rosigem Morgenlicht wie ein Wasserbehälter schimmernden Wohnzimmer auf das neue Sopha. Wenn er das Fenster öffnete, kam ein leichter Wind herein, der am Tag ganz verschwinden würde, wie sich auch das aprikosenhafte Glühen des Sonnenlichtes bald in hartes, farbschluckendes Weiß verwandelte. Hans nahm ein Bad in diesem Licht, als könne er sich für den ganzen Tag darin erfrischen.

Dann begann er sich fertigzumachen. Das geschah sorgfältig und ohne Eile. Die Männer in seinem Büro pflegten eine gewisse Eitelkeit. Zu den dunklen Anzügen, die jetzt bei der

Hitze allerdings hauchdünn sein durften – so dünn, daß der Stoff nicht mehr richtig fiel und den Körper hemdartig umflatterte –, wurden stark gestreifte Hemden getragen, Krawatten durften bunt wie Ostereier aus dem Westenausschnitt herausblitzen, die Hosenträger mußten breit und aus bunter Seide sein. Er war, möglicherweise aus einer gewissen Schüchternheit heraus, einer Bereitschaft, sich einer vorgefundenen Ordnung ohne weiteres unterzuordnen, was seine Kleidung anging, in eine Art Übererfüllung des geltenden Komments geraten. Dieses Sich-für-den-Beruf-Einkleiden war ihm aber auch Hilfe und Vorbereitung, geradezu wie beim Militär: wenn die Ausrüstung schon einmal stimmte, konnte danach nicht mehr viel Übles passieren. Er war, mit naßgebürstetem Haar und gut rasiertem Kinn, das Bild eines jungen Bankangestellten, als er die Wohnungstür behutsam hinter sich schloß. Manchmal machte Ina ihm einen Kaffee, bevor er ging, aber sie hielten es so, daß sie es darauf ankommen ließen, ob sie aufwachte. Sie komme nachts lange nicht zur Ruhe, sagte sie, und finde erst gegen Morgen Schlaf. Um so besser, fand Hans, dann schlief sie eben morgens.

Als er die Treppe hinabstieg, öffnete sich die Tür der eine Etage tiefer gelegenen Wohnung. Bisher hatte Hans dort kein Leben wahrgenommen. Souad sagte, die Leute seien verreist, merkwürdige Leute seien das, mißtrauische, beschränkte Menschen. Er habe ihnen angeboten, ihren Briefkasten zu leeren, aber nein, sie hatten da irgendeine andere Lösung, jemand kam und holte die Post aus dem Kasten, und das finde er nicht gut, fremde Leute im Haus. Für ihn, Souad, sei Post Vertrauenssache. Er sprach mit einem Nachdruck, als habe Deutschland ihm persönlich die Erfindung des Briefgeheimnisses zu verdanken. Hans hatte schon mitbekommen, daß es zu Souads

Schicksal gehörte, als hilfreicher Freund unablässig Zurückweisungen einstecken zu müssen. Auch die Rückgabe des Bettes erforderte diplomatische Kunst, und Hans war dennoch überzeugt, daß Souad sich in abendlicher Runde über die Undankbarkeit der neuen Mieter bereits ausgelassen hatte.

Eine junge Frau stand vor ihm, mit halblangem rötlichem Haar, der milchfarbenen Haut der Rothaarigen, mit schönen grauen Augen und vollen blassen Lippen. Sie sah ihn lächelnd und auffordernd an; sie wollte nicht nur knapp wie eine Fremde im Treppenhaus begrüßt werden. Er sei der neue Mieter? Ja, der sei er. Das sei ja nett, sagte die Frau. Immer wenn sie verreist seien, wechsle der Mieter über ihnen, als müsse das in ihrer Abwesenheit geschehen.

Sie betrachteten einander mit Wohlgefallen. Die junge Frau trug ein einfaches olivfarbenes Sommerkleid. Es sah aus, als wolle sie sich in der Wüste bewegen, und paßte vorzüglich zu ihrer Haarfarbe, wie immer bei den Rothaarigen. Ob Männer oder Frauen, sie vergessen nie, an ihr Haar zu denken. Die beiden sprachen noch ein Weilchen, eine unverbindliche, nicht sonderlich geistreiche Treppenunterhaltung, aber Hans entging nicht das Lächeln, das eine bloß gutgelaunte Höflichkeit etwas übertraf. Es lag etwas Amüsiertes darin, und er war sich nicht bewußt, etwas Komisches gesagt zu haben.

»Wollen Sie wirklich so ins Büro gehen?« fragte die Frau schließlich. Hans meinte, seinen dunklen Anzug erklären zu müssen. So sei das in einer Bank, sagte er mit soviel Beiläufigkeit wie möglich, um nicht belehrend zu erscheinen. Nein, das sei ihr schon klar, antwortete sie, er gehe dort im Geschirr, aber ob er denn regelrecht angeschirrt werde dort? Ob man dort ein Zaumzeug anlegen müsse? Sie lachte, ihre Augen blitzten.

»Sehen Sie sich doch einmal an!«

Er folgte ihrem Blick, sah an sich hinunter und stellte fest, daß er die Hosenträger nicht über die Schultern gezogen hatte. Sie hingen tatsächlich zaumzeugartig unter der Jacke hervor. Es sah geradezu aus, als müsse das so sein; die Männer, die auf Laternen und Bäume kletterten, um dort etwas zu reparieren oder zu beschneiden, hatten gleichfalls solche Gurte am Leib. Er errötete, aber war zugleich dankbar. Es machte ihm niemals etwas aus, wenn man über ihn lachte. Er lachte auch jetzt von Herzen mit der jungen Frau, aber er hätte sich ihr beim ersten Mal gern anders präsentiert. Sie schaute ihm zu, wie er Jacke und Weste auszog und die prächtigen Hosenträger über die Schultern streifte. In einem Leben wie dem seinen sei so etwas einfach nur komisch, aber wenn ihr so etwas passiere, dann könne das schon schlimmer werden. Sie sei Schauspielerin und habe neulich in einem engen Kleid auf der Bühne gestanden, dessen Spaghettiträger während des Auftritts abgerissen seien. Anstatt mit ihren Händen zu agieren, habe sie sich beinahe zwanzig Minuten lang das Kleid festhalten müssen. Es sei bei einer Schülervorstellung gewesen, ohnehin eine unruhige Sache.

Sie verabschiedeten sich bei den Mülltonnen. Hans dankte ihr. Es war eine Art Vertraulichkeit zwischen ihnen entstanden, weil sie zusammen gelacht hatten. Diese Begegnung paßte zu dem jungen Morgen. »Ich werde heute Glück haben«, dachte er, als er der Bank zustrebte und sich in das Heer der dunkel Gewandeten eingliederte.

Glück hatte er nicht gerade, das wäre zuviel gesagt, aber es war ein Tag, an dem die Arbeit flüssig lief, denn das Schicksal schien zu wissen, daß er heute mit seinen Hosenträgern an keinem Haken hängenbleiben werde. Als er nach Hause kam, fand er Ina am Telephon. Sie lag auf dem Sopha und war tief in eine Konferenz mit Frau von Klein versunken. Nein, ein Glas mit den Leuten unten trinken konnte sie jetzt nicht, sie war auch nicht angezogen. Müsse das unbedingt heute sein? Hans fand, daß es heute sein müsse, die Verabredung war zu leichthin getroffen worden, um durch Verschiebung dann nicht zu etwas Komplizierterem, weniger Improvisiertem zu werden. Er legte sein Bankornat ab und zog ein Polohemd an, aus dem Eisschrank nahm er eine beschlagene Flasche Weißwein.

An der Tür unten standen zwei Namen: Lilien und Wittekind. Wer von beiden war die Frau? Eine Schauspielerin erwartete gewiß, daß man ihren Namen kannte. Hans ging nicht gern ins Theater. Ihm war bei den heftigen, die Schauspieler und die Zuschauer nicht schonenden Aktionen auf der Bühne stets ein wenig peinlich zumute. Er verstand schon: das mußte gewiß alles so sein, so laut, so roh, so häßlich, aber freuen konnte er sich darüber nicht. Die junge Frau entsprach in ihrer Frische und Geformtheit überhaupt nicht seiner Vorstellung von einer Schauspielerin. Vor der Tür wog er ab, welcher der beiden Namen künstlerischer klinge. Was paßte besser, »die Lilien« oder »die Wittekind«? Beides paßte, aber »die Wittekind« paßte nicht auf die junge Frau, die war etwas Leichteres, Durchsichtigeres, bei »der Wittekind« hörte man schon das Poltern des Bühnenbodens, wenn sie stampfend auftrat – »die Lilien« hingegen tanzte und schwebte.

Lilien war tatsächlich ein Künstlername. Die Schauspielerin hatte sich da etwas zurechtgebastelt in dem Wahn, es sei der feine Name, der die Karriere mache, wo es doch umgekehrt die Karriere ist, die dem Namen, und zwar ganz gleich welchem Namen, den Glanz verleiht. Die Jugendsünde einer Frau, die vielleicht gar nicht ein Leben lang Schauspielerin sein würde. Sie wolle eigentlich weg vom Theater, ihr Ziel sei, Sprecherin zu werden. Aber das wurde erst ein wenig später mitgeteilt.

Die Tür öffnete ihr Mann oder Freund – das blieb unklar –, und das war Dr. Wittekind, Kunsthistoriker am Museum. Er war blaß und klein, hatte eine schöne hohe Stirn und große sehr helle Augen. Er hielt sich nicht gut. Sein krummer Rükken war die Ergänzung eines stets etwas anzüglich-ironischen Lächelns, mit dem der Mann zu sagen schien: »Das ist fabelhaft, wie gut und straff Sie sich halten, machen Sie das, solange Sie noch nicht darauf gekommen sind, daß es Ihnen genauso wenig nützen wird wie mir.«

Die Rolläden waren herabgelassen. Schon im Flur der genauso wie die obere Wohnung geschnittenen Räume reichten die doppelt gefüllten Bücherregale bis zur Decke.

»Sie sind erwartet«, sagte Wittekind, der vielleicht fünfzehn Jahre älter als Hans sein mochte. Wieder hatte er diesen leicht anzüglich-bedeutungsvollen Ton. Die Schauspielerin erschien. Diesmal trug sie etwas hellgrün und weiß Gestreiftes.

»Sie enttäuschen mich – wo sind die Hosenträger? Wie können Sie es wagen, ohne die schönen Hosenträger hier zu erscheinen?« In der Wohnung duftete es nach Tee und Lavendel. Hans war durch Wittekinds Anwesenheit zunächst etwas gehemmt, aber das verlor sich schnell. Außerdem – was hatte er erwartet? Gar nichts, durfte er sich in voller Aufrichtigkeit sagen. Und dafür fühlte er sich schnell überaus wohl bei den Leuten und wollte schließlich gar nicht mehr aufbrechen.

VI

Leute wie Herr Dr. Wittekind, der nach kurzem übrigens schon vorschlug, ihn Elmar zu nennen, und seine Freundin Britta mit dem blumenhaften Pseudonym gehörten bisher nicht zum Bekanntenkreis von Hans, und zu Inas schon ganz und gar nicht. »Bitte keine häßlichen Intellektuellen, die sich mit ihrer Bildung wichtig machen«, sagte Frau von Klein. Sie tat, als sei es nicht die Bildung selbst, die sie störe – wobei offen blieb, was sie darunter verstand –, sondern das Mitführen von Bildungsbrocken im Strom der Unterhaltung. Sie empfand es als die eigentliche Ungehörigkeit, wenn Leute in ihrer Gegenwart etwas sagten, das sie nicht sofort mit einem scharfen Wort abfertigen konnte.

Hans kannte solche Antipathien nicht. Er war mit der glücklichen Einstellung geboren und aufgewachsen, daß es niemanden gebe, gegen den er sich zur Wehr setzen müsse. Alle Menschen waren »nett« oder offenbarten wenigstens nach kurzem eine »nette Seite«. Oder waren nur zu unglücklich, um die innere Nettigkeit nach außen hin zur Geltung zu bringen. Kein bohrender, mißtrauischer, tiefer und sich nach Tiefe sehnender Geist also, sondern die reine Oberfläche, die aber so wohlansehnlich, daß er mit den Mädchen, mit denen er sich vor Ina befaßt hatte, ganz besonders aber mit Ina selbst, stets ein »schönes Paar« abgeben konnte, wie das in der Generation seiner Eltern noch hieß. Daß die Nettigkeit allein als Maßstab der Menschenerkenntnis nicht ausreichen mochte, hatte er inzwischen recht deutlich am Beispiel der Frau von Klein erfahren, die mit dem Wort »nett« alles andere als zureichend beschrieben worden wäre. Sie war ein gut gewähltes Beispiel zur Problematik der Kategorie »nett«: Wenn man sie hörte, mußte man glauben, sie dulde nur »nette Leute« in ihrer Gegenwart – fanden sich solche dann aber ein, verwandelte sich Frau von Klein in ein Ungeheuer von Langeweile und Ungeduld. Niemals hätte sie gestattet, daß Ina einen Mann heiratete, dem die Welt die Eigenschaft »nett« versagte, und zugleich war sie niemals bereit, mit der Harmlosigkeit, die mit der Nettigkeit nun einmal geschwisterlich einherging, ihren Frieden zu schließen. Hans sei ja wohl eher harmlos, das hatte Ina schon bald, nachdem sie ihren zukünftigen Mann nach Hause gebracht hatte, von ihrer Mutter hören dürfen, nicht zum letzten Mal. Als Kompliment war es nicht gemeint, und Hans durfte es schließlich selber hören, denn gegenüber ihren Kindern verachtete Frau von Klein jede Geheimnistuerei.

»Findest auch du mich farblos?« fragte er, als Ina in seinen Armen lag. Der Gott der Liebe gab ihr die richtige Antwort ein: »Ich frage mich gar nicht, wie du bist.« Das glaubte er ihr sofort, und es beruhigte ihn zutiefst.

Schade, daß Ina nicht mit heruntergekommen war. Der große Raum war in seiner anheimelnden Schattigkeit von Lichtstreifen geradezu gerastert. Die Rolläden waren nach außen gestellt und setzten den Raum jenseits der Fenster zeltartig fort. Es war ein bißchen lauter als bei ihnen oben, das eine Stockwerk Unterschied machte etwas aus, aber das immer noch gedämpfte Brausen schuf in dem lichtgestreiften Dunkel die Vorstellung einer südlichen Großstadt, ein Klein-Madrid war am Baseler Platz entstanden. Für Wittekind und Britta Lilien hatte die Wohnung übrigens gar nichts Exotisches. In der jetzt beginnenden Unterhaltung, die zunächst das Favoritenthema aller Großstädter, die Immobilienfrage, aufgriff, ließen die beiden nicht spüren, daß sie sich irgend etwas über das unmittelbar Praktische hinaus zum Baseler Platz gedacht hatten. Frankfurt war so klein, daß die Quartiere des Stadtinneren, die sich ihrem Charakter nach dennoch deutlich voneinander unterschieden, sämtlich zu Fuß erreicht werden konnten. Beider Arbeitsstätten, das Theater und das Museum, waren vom Baseler Platz aus nur ein paar Minuten entfernt. Beide hatten schon in viel größeren Städten gelebt, Wittekind länger in Paris, gegenüber seinen improvisierten Umständen dort war diese Wohnung hier geradezu ein Schritt in die Bürgerlichkeit.

Hans sah, daß Britta, eine Norddeutsche wie er selbst und mit ihm wohl gleichaltrig, gegenüber ihrem Freund nicht den kecken Ton anschlug, den er bei ihr kennengelernt hatte. Waren der Bescheidenheit, mit der sie hier auftrat, nicht sogar Zeichen eines Respekts anzumerken, als wolle sie deutlich machen, daß sie wisse, mit welch bedeutender Persönlichkeit sie zusammen sei? Elmar sprach nie anders als mit der sich schon in seinem ersten Satz äußernden milden, resignativen Ironie, aber sie ging auf diesen Ton in einer Weise ein, die den ersten Eindruck von Hans bestätigte: Jawohl, respektvoll war das richtige Wort. Von seiner Seite höfliche, reservierte Milde, von ihrer eine zur Unauffälligkeit gezügelte Aufmerksamkeit. So stellte das Paar sich ihm dar. Bevor sie ihn fragte, was er trinken wolle, stellte sie diese Frage ganz leise an Elmar Wittekind, als gebe es hier ein Regime zu beachten, irgendeine ärztliche Maßregel, aber der tat, als verstehe er sie nicht.

»Warum machen wir nicht meinen Wein auf?« fragte Hans treuherzig. So geschah es nach einigem Hin und Her dann auch, obwohl Britta von dem beiseite gesprochenen Konferieren zunächst nicht lassen wollte. Eine Frau, die sich unterordnet, gewinnt an Einfluß; für alles, was man aufgibt, erwirbt man eine andere Kompetenz, dieses Gesetz schien sie schauspielerisch illustrieren zu wollen. Das Gespräch wandte sich der einzigen Person zu, die allen Anwesenden bekannt war, Herrn Abdallah Souad. Beide wurden fröhlich bei Nennung dieses Namens.

»Man muß Souad in Schach halten«, sagte Wittekind, dessen Gesicht Hans nur als schwarze Silhouette wahrnahm, denn der Hausherr hatte sich gegen das streifenförmig einfallende und selbst in diesen kleinen Dosen blendende Licht gesetzt. Britta hingegen war weich beschienen in gebrochenen, die Farbigkeit vertiefenden Schattentönen. Sie lag auf einer mit einem bunten Kelim bedeckten Couchette. Die weißen nackten Unterschenkel rieben sich an dem kratzigen Stoff, das tat ihr offenbar gut. Sie war ein schönes Mädchen, aber sie gab zu verstehen, daß sie ihrem Aussehen jetzt im Privaten, gleichsam hinter der Bühne, nicht die geringste Bedeutung beimesse, Gewicht habe für sie allein ihre Wirkung im Scheinwerferlicht.

»Sehen Sie, Souad ist neugierig«, sagte Wittekind so bedeutsam, als habe er Souads ganzes Wesen in diesen Begriff gebannt, »und ich habe gar nichts zu verbergen, und deshalb ist mir diese Neugier ganz besonders lästig.«

Souad fühle sich verpflichtet, über alles im Haus informiert zu sein, sagte Britta, und das nehme manchmal erstaunliche Formen an. Neulich habe Elmar einen Strafzettel für irgendeinen lächerlichen Verkehrsverstoß bekommen. Souad sprach ihn darauf geradezu grob im Treppenhaus an: »Warum haben Sie mir davon nichts gesagt? Warum? Ich habe hier die ganze

Polizei unter mir, die Leute fahren in meinem Bus – aber wenn Sie mir nichts sagen, kann ich auch nichts machen.« Sie hätten diesem verletzt klingenden Anwurf verblüfft gelauscht und nichts Rechtes darauf geantwortet, bis ihnen später blitzartig klar geworden sei, daß Souad den Brief aus dem Polizeipräsidium offenbar geöffnet habe.

»Wir sind zunächst nicht darauf gekommen, weil man so etwas nicht für möglich hält«, sagte Elmar, der diesen Zwischenfall nur von der komischen Seite nehmen wollte. Britta ließ diese Sicht gelten, obwohl sie sie ganz und gar nicht teilte, aber sie wollte zeigen, daß sie in Elmars Haltung den herausgehobenen Standpunkt einer höheren Geistigkeit erkenne.

»Wir haben ein neues Schloß an den Briefkasten machen lassen, und dasselbe empfehle ich auch Ihnen«, sagte sie in der dem Fall angemessenen gleichgültigen Kühle. Elmar Wittekind gestattete aber nicht, daß in seiner Gegenwart triviale Themen oder aber triviale Themen ohne höheren philosophischen Bezug erörtert wurden. Ein Gespräch über den Hausmeister war nur würdig, wenn sich darüber der Zugang zum Großen und Ganzen der Gegenwartsfragen öffnete. Man trank übrigens nicht wenig, die Hitze machte alle durstig. Die von Hans mitgebrachte Flasche, ein italienischer Weißwein, war längst geleert. An seiner Stelle stand jetzt eine Pfälzer Riesling-Literflasche, die viel besser war als der Italiener, wie Hans in kurzer Beschämung feststellte.

»Ich vermute, Souad ist ein Fall von Überanpassung«, sagte Elmar Wittekind in seiner festen Freundlichkeit. Souad habe mit ganzer Seele den Westen gewählt. Er setze auf den Westen. Er habe den orientalischen Zuständen, aus denen er stamme, bewußt den Rücken gekehrt, natürlich mit Opfern, unter Zerreißung von Bindungen, nicht wahr? Souad sei wegen dieser

Opfer – die von der anderen Seite womöglich gar Verrat genannt würden – im Westen aber zum Erfolg verurteilt. Er stehe unter dem Druck, daß sich die Entscheidung für den Westen gelohnt haben müsse. Hans kannte diesen besonderen Gebrauch des Wortes »gelohnt« aus seinem Abitur, als ihn der freundliche junge Griechischlehrer behutsam durch die mündliche Prüfung gehoben hatte und zu dem Gestammel, mit dem Hans seine Fragen beantwortete, sagte: »Die Unterscheidung, die Sie zwischen Platon und Sokrates machen, hat sich gelohnt.« Auch wo es nicht um Geld ging, konnte sich etwas »lohnen«.

Souad sehe aber, daß ihm weite Regionen westlicher Denkungsart verschlossen geblieben seien – ein zwangsläufiges Erlebnis jedes Ausländers, der nach Jahrzehnten der Anpassung im neuen Land die letzten und nun unübersteigbaren Mauern entdeckt, die ihn von der vollständigen Assimilation trennten –, das sei übrigens auch seine, Elmars, Erfahrung in Paris gewesen, und deshalb sei er wieder nach Deutschland zurückgekommen, obwohl er in Deutschland viel weniger Verbindungen als in Frankreich besessen habe.

»Souad will nicht bei den Verlierern sein«, sagte Hans, indem er ein Schlagwort der gegenwärtig in den Zeitungen geführten Debatte aufgriff: mit Souad hatte das aber gar nichts zu tun, es bezog sich auf den Guerrillero-Krieg, den die Islamisten mit Hilfe von Attentätern gegen Nordamerika führten, und niemand hatte Souad im Verdacht, hier mehr als grundsätzlich landsmannschaftliche Sympathien zu pflegen, wie man sie auch für die heimische Fußballmannschaft behält, obwohl man schon längst nicht mehr weiß, wie sie sich in den letzten Jahren geschlagen hat.

»Das sind Spinner«, sagte Souad, wenn man von einem

Bombenattentat erfuhr, mehr Empörung durfte ein taktvoller Mensch von ihm nicht verlangen.

»Man möge mit dem Begriff Verlierer in weltgeschichtlichen Zusammenhängen sehr vorsichtig sein«, sagte Elmar Wittekind aus seiner Schattigkeit heraus, während die Lichtstreifen um seinen Kopf rötlich zu strahlen begannen, denn die Sonne ging unter, das Licht wurde schwächer, seine Züge begannen hervorzutreten. Er erinnere daran, daß die Kämpfe der Geschichte nicht nach den Punktsystemen von Linienrichtern gemessen würden. In vielen Fällen sei es folglich unmöglich, Gewinner und Verlierer festzustellen. Wenn eine Seite verliere, dann heiße dies meist nur, daß der Kampf noch nicht zu Ende sei. Für verlorene Partien würde in der Geschichte immer Revanche gefordert, manchmal freilich fünfhundert Jahre später.

»Man hat den Krieg mit dem Schachspiel und das Schachspiel mit dem Krieg verglichen«, sagte Wittekind, der jetzt dort angelangt war, wo er sich am wohlsten fühlte. Seine Freundin, die sich behaglich ausstreckte, sah auffordernd zu Hans hinüber; sollte das heißen, er möge die Ohren spitzen?

»Das ist ein schöner Vergleich, wenn man auch den wichtigen Unterschied festhält: Der Krieg ist ein Schachspiel, bei dem die geschlagenen Figuren auf dem Brett bleiben.« Den Sieger erwarte die schlimmste Last: Nun habe er die Verlierer auf dem Hals. Ein Verlierer lasse sich nicht mehr abschütteln. »Denken Sie an die Griechen«, sagte Wittekind zu Hans, der nie an die Griechen dachte, »was geschah, als sie die Perser besiegt hatten? Sie persifizierten sich.«

»Aber hieße das nicht, daß wir – sollten die Islamisten doch irgendwie die Verlierer sein –«, ganz mochte Hans sich von der schönen These, die soviel Beruhigendes hatte, nicht lösen,

»daß wir uns dann islamisieren würden?« Ein Staunen war seinen Worten anzuhören, das über Widerspruch weit hinausging.

Das täten wir doch schon, antwortete Wittekind voll heiterer Genugtuung. Schon heute zeichneten sich Züge einer kommenden Theokratie in Nordamerika ab, der Tag sei nicht fern, an dem der Präsident gemeinsam mit den Deputierten und Senatoren zum Sonntagsgebet fahre – eine Kuppel habe das Capitol ja bereits. Er könne sich gleichfalls gut vorstellen, daß aus dem amerikanischen Feminismus neue Formen der Abgrenzung und Aussonderung der Frauen hervorgingen, die vom islamischen Harem, was schließlich »Heiligtum« heiße, gar nicht so weit entfernt seien.

»Gut, die Amerikaner«, rief Hans und dachte an seinen scharf gebügelten, muskelhart trainierten Kollegen mit der praktischen Lebensphilosophie, »aber wir Europäer...«

»Wir sind keine Europäer mehr«, sagte Wittekind und verbarg seine Genugtuung nicht, »wir sind Phönizier. Wir haben die europäische Kultur aufgegeben und die Nachfolge der phönizischen Kultur angetreten.« Die Europäer hätten alle wesentlichen kulturellen Merkmale des weitgehend untergegangenen, aber wirkmächtig in die Geschichte hineinverdampften phönizischen Volkes zu neuer Blüte und zu einer ungeahnten Entfaltung geführt.

Britta schloß die Augen in einem Akt gesteigerten Zuhörens, Hans bemerkte aber trotz des Dämmerns, daß sich ihres Körpers eine atmende Ruhe bemächtigte, die dem entspannten Schläfchen einer Siesta in der Hitze des Tages auffällig glich. Sie hatte sich tatsächlich während der oft quälend langweiligen Proben eine Technik angeeignet, aufs höchste konzentriert zu erscheinen und zugleich in eine kontrollierte Ohnmacht abzutauchen.

Phönizisch sei unser Verhältnis zu den Zahlen, sagte Wittekind liebenswürdig lächelnd, unser Wille und unsere erstaunliche Fähigkeit, jedes Lebensverhältnis, jeden Gedanken, jede Realität nur noch als Zahlenketten verstehen und darstellen zu wollen. Phönizisch sei unsere entschlossene Abkehr von der Produktion zugunsten des Handels als der vorherrschenden ökonomischen, politischen und wissenschaftlichen Aktivität. Selbst die Kunst hätten wir dem Handel dienstbar gemacht und sähen sie nur noch als Funktion des Handels. Phönizisch sei unser Verhältnis zum Raum: in den Metropolen gleichsam mit dem Rücken zum eigenen Land zu leben und in Frankfurt etwa nicht mit dem Spessart oder der Wetterau, sondern mit Tokio und New York befaßt zu sein, nicht mehr den eigenen Landraum, sondern die ferne Gegenküste im Blick habend. Phönizisch sei unsere neue Unfähigkeit zur Herstellung schöner Kunstwerke – er denke da an die wirklich grauenvollen Fetische und Ölgötzen der Phönizier, bei ihrem gleichzeitigen Sammeln alter und für sie exotischer Kunstwerke –, die Phönizier hätten wie wir kostbare griechische Statuen gekauft, mit denen sie ebenso wenig zu tun hatten wie wir. Ja, was noch? Die phönizische Religion, schließlich: Das Opfern der erstgeborenen Kinder für Moloch, dem entspreche unsere gesetzlich geförderte Praxis der Abtreibung. »Aber das kann man doch nicht vergleichen«, sagte Britta aus ihrem offenbar wirklich sehr leichten Schlaf heraus.

»O doch, das kann man sehr gut vergleichen«, sagte ihr Freund ohne Eifer, »die Abtreibungen bei uns sind genau solche Opfer, die für eine glückliche und wohlhabende Zukunft dargebracht werden.«

»Haben Sie Kinder?« fragte Hans unversehens. Er hätte am liebsten nichts dergleichen gesagt, aber jetzt war es heraus.

»Nein«, antwortete Wittekind und seine Augen blitzten heiter: »Wir sind glücklich und wohlhabend.«

Britta verließ ihren Divan. Sie wirkte, mit gerunzelten Brauen, ärgerlich. Sie zog die Rolläden hinauf. Es war dunkel geworden. Am Himmel stand ein dick und kraftvoll leuchtender Halbmond, nahrhaft wie eine halbierte Torte.

»Beim nächsten Mal müssen Sie Ihre Frau mitbringen, sonst dürfen Sie nicht wiederkommen«, sagte sie sehr nachdrücklich, als Hans sich verabschiedete. Sie blickte ihm offen und fest ins Gesicht. Warum glaubte er nur, er könne diesen Blick nicht aushalten?

*

Auf der Treppe fiel ihm ein, daß er gar zu gern wieder einmal eine Zigarette rauchen würde. Für sein amerikanisches Büro wollte er sich das Rauchen eigentlich abgewöhnen, die Raucher wurden dort schief angesehen. So fand er seinen Weg, anstatt zu Ina zurückzukehren, noch einmal hinab zum Äthiopier. Der hatte seinen Hinterhofsalon wieder eröffnet, bediente zugleich aber auch noch zur Straße hinaus, dort allerdings ein ganz anderes Publikum, das sich neben den Herrschaften im Hof bei gesunder Selbsteinschätzung nicht hätte blicken lassen dürfen. Nur der Trinker war so dreist, sich aus der Vorderhausmannschaft in den exklusiven Hinterhof mitunter herüberspülen zu lassen. Als Hans den Hof betrat, fand er Souad, Barbara und einen dünnen jüngeren Mann mit langen blonden Haaren und haarreifartig auf den Kopf geschobener Sonnenbrille gesellig beisammensitzen. Alle drei telephonierten angelegentlich in unterschiedlichen Sprachen, Souad sprach arabisch, der blonde Jüngling mit dem Sonnenbrillendiadem französisch, Barbara spanisch. Sie am kürzesten.

Souad schützte sich gegen die Abendkühle mit einem gelben Kaschmirpullover, der ihn sehr wichtig aussehen ließ, soviel runden Bauch hatte er zu umspannen, die Temperatur in der Steinwelt des Hinterhofs war aber nur um ein oder zwei Grad gesunken, die Mauern bewahrten die Hitze wie ein guter Ofen. Der Äthiopier hatte einen Kübel mit Eiswürfeln gebracht. Man trank heute kein Bier, sondern Wodka aus kleinen Fläschchen wie aus einem Kinderkaufladen. Barbara unterrichtete Hans über den jungen Blonden an ihrer Seite. Regelrecht vorstellen konnte sie ihn nicht, denn er ließ sich in seinem angelegentlichen Telephongespräch nicht unterbrechen. Er sei ihr Vetter, vielsprachig, in mindestens sechs Sprachen fließend zu Hause, wie sie selbst auch, eine einzigartige Begabung, zuletzt Koch in Gran Canaria, es sei eine Schande, daß der Mann nichts aus sich mache. Seit ihrer Scheidung hätten sie sich ein bißchen zusammengetan, er berate sie.

»Ich kaufe Rat«, sagte sie stolz. Sie lasse sich nichts schenken. Wie immer ihre übrigen Sprachkenntnisse aussahen, ihr Deutsch war lückenhaft, obwohl sie Deutsche war, aber heute sei ihr Deutsch oft einfach weg, sie vergesse schnell, was sie nicht täglich benötige. »Ich weiß englisch... ich weiß französisch, nur deutsch weiß ich nicht«, so lautete ihr heiteres Bekenntnis. Sie hatte sich einen Akzent zugelegt, der ihr grundsätzliches Ausländischsein noch betonte: So formte sie ein nuschelndes »Isch«, wenn sie von sich redete, in einem vibrierenden Zischlaut, der allen möglichen Sprachen hätte entstammen können. Lange sei sie weggewesen, jetzt gelte es wieder Fuß zu fassen. Man solle doch in dem Land leben, in dem man seine Interessen habe, nicht wahr? Ihr Vetter sei übrigens gegen die Rückkehr nach Deutschland und meckere den ganzen Tag. Dieses gefalle ihm nicht und jenes, aber Souad wolle sie um jeden Preis hier in Deutschland haben, und so sitze sie denn zwischen zwei Mühlsteinen. Dieser Platz schien ihr unbändiges Vergnügen zu bereiten. Ihre Löwenmähne war in der feuchten Hitze etwas zusammengefallen, viel Stroh umgab jetzt die Spitznase, aber den Wodka vertrug sie besser als die Männer, die beide zänkisch davon wurden. Souad sei wütend, weil sie ihn heute in der Stadt ertappt habe. In einem Café am Opernplatz habe er mit einer Dame gesessen, sehr weißhäutig, mit schönen Farben und ganz kleinem Doppelkinn, etwas spießig mit Silberschmuck.

»Souad, war das deine Frau?« Diese Frage genüge, daß er zu schimpfen anfange. Hans solle aufpassen. Sie führe es ihm gleich noch einmal vor, es funktioniere mit Sicherheit, es habe nämlich schon viermal funktioniert.

Ein Taxi hielt am Hoftor, und mit steifen Beinen entstieg ihm höchst behutsam Frau Mahmouni. Der Taxifahrer geleitete sie in den Hof. Sie trug ein Kleid von gleichem Schnitt wie das erste Mal, nur aus einer anderen Gardine gemacht. Der Taxifahrer blieb bei ihr sitzen. Er gehörte zu ihren Vasallen.

»Der Anblick dieser Telephonate unterhält mich«, sagte sie flüsternd zu Hans. »Ich möchte gern erleben, was die Herren für ein Gesicht machen, wenn sie erfahren, daß der ›Habsburger Hof‹ ihnen durch die Lappen gegangen ist. Diese Leute wissen und können alles mögliche, aber sie sind keine Geschäftsleute – jedenfalls nicht das, was ich darunter verstehe.«

VII

Der Taxifahrer war Türke, ein würdig aussehender Mann; sein grau-schwarzes Haar war knapp geschnitten, der Schnurrbart fein mit der Nagelschere gestutzt. Es sah aus, als werde Frau Mahmouni von ihrem Rechtsanwalt begleitet. Der Mann gesellte sich aber bald zu dem Äthiopier, der noch überwiegend in seinem Ausschank nach vorn hinaus beschäftigt war. Er war ein gastronomisches Naturtalent, ahnte selbst im angespannten Thekengeschäft, wann es im Hinterhof an etwas mangelte, und bekam zugleich eine gelassene Unterhaltung mit dem Taxifahrer hin. Er war eben ganz grundsätzlich in nichts involviert, in keines der Verhältnisse, die ihn umgaben, er war frei und profitierte von dieser Freiheit durch seine selbstverständliche Ruhe. Selbst zu Frau Mahmouni wahrte er Abstand, was aber leicht war, denn sie unterhielt eine geradezu romantische Beziehung zu Unabhängigkeit und Diskretion.

»Ich weiß nichts über ihn, und ich will auch nichts wissen«, sagte sie hoheitsvoll, in einem Ton freilich, als gebe es da allerhand zu wissen, wenn man seine Nase in die Geschäfte dieses Stehimbiß steckte.

»Männer sind unbegreiflich«, fuhr sie fort. War diese Einsicht das Ergebnis ihrer beiden Ehen oder hatte sie darüber schon vorher verfügt? Mit Frauen wolle sie sich allerdings noch viel weniger abgeben. Sie habe ihr Leben lang mit Männern gearbeitet, und ihr Vater habe ihr seinerzeit beim Abschied für immer, als er von allen Mitteln entblößt war – er erholte sich später etwas, aber gelangte nie mehr zu seinem alten Wohlstand –, eindringlich geraten: »Halte dich immer an Männer. Denk daran: Laß die Frauen ihrer Wege gehen, du bist eine Frau für Männer.« Und so sei es auch gekommen. Ihr Vater – schließlich auch ein Mann –, mit einem solchen Pech in allen seinen Unternehmungen, sei ihr geschäftlicher Lehrmeister gewesen. Nie wieder habe sie einen anderen gehabt. Vieles habe sie erlebt, sehr gutes und sehr schlimmes – aber immer mit Männern.

»Am Sex dabei keinerlei Interesse«, sagte sie in einem Ton, als habe sie sich eines heftigen Antrags von Hans zu erwehren. Er hätte aber gar nicht zurückweichen können, denn sein Unterarm war in ihrem festen Knochengriff. Souad, der inzwischen holländisch parlierende Vetter und Barbara, die sich mit langen Fingernägeln gründlich den Kopf kratzte – sie mußte sich dabei durch die Haarfluten selbst in deren zusammengesunkenem Zustand hindurchkämpfen – und jetzt englisch sprach, vermieden es, sich anzusehen und musterten statt dessen mit ihren durch die Gespräche nicht beanspruchten Augen Hans und Frau Mahmouni. Wie diese Gruppe, jeder davon in sein jeweiliges Gespräch vertieft, in zwangloser Haltung zusammensaß, aufeinander bezogen, aber nicht miteinander beschäftigt, erhielt der kunsthistorische Terminus der »Sacra conversazione«, so flog es Hans durch den Sinn, eine neue Aktualität. Aber fiel diese Beobachtung nicht eigentlich in den Themenkreis von Inas notorischer Magisterarbeit?

»Warum haben Sie denn dann geheiratet?« fragte Hans, der sich auch an ein vorzeitig gezeugtes Kind erinnerte. Niemals hätte er diese Frage gestellt, wenn die levantinische Matrone – dies Muster- und Staatsexemplar einer levantinischen

Matrone! – nicht das in ihrem Munde erschreckende Wort Sex ausgesprochen hätte. Man traute ihr zu, alle Abgründe kairinischer Kinderbordelle zu kennen, aber niemals etwas aus dieser Welt kraß beim Namen zu nennen, sondern sich stets routinierter, dem Wissenden genug sagender Andeutungen zu bedienen. Es war tatsächlich etwas Grelles in ihr ausdrucksvolles Gesicht getreten, als sie vom Sex sprach, das X im Sex zog sich über ihr ganzes Gesicht und zerrte es nach den vier Enden. Auf Hans' Frage hatte sie offenbar gewartet. Sie war auf sie vorbereitet, beinahe ein bißchen zu gut, die Antwort kam ein wenig zu flink, und die Miene änderte sich allzu beflissen in sorglose Lässigkeit.

»Was wollen Sie – ich wollte Gesellschaft haben. Es genügt nicht, nur auf den geschäftlichen Erfolg zu achten, der war bei mir durch die Vorbereitung meines Vaters ohnehin eine Selbstverständlichkeit. Aber man will auch manchmal abends ins Kino gehen, an Sommerabenden draußen etwas trinken. Ich bin bereit, dafür zu zahlen, zahlen ist selbstverständlich, und ich habe auch immer dafür gezahlt.«

Hans war dabei, eine Schachtel Zigaretten aufzurauchen. Eine einzige Zigarette hatte er sich von dem Äthiopier erbeten; der Mann hatte ihm aber die ganze Schachtel mit einer Geste dagelassen, als reiche er ihm ein Stück Brot. Jetzt war er schon bei der zehnten, wenngleich er sie nicht bis zum Ende glimmen ließ. Das Rauchen tat ihm unerhört gut. In ihm war eine kleine beunruhigende Leere gewesen, die er kaum wahrnahm und auch nicht mit seiner Zigarettenaskese in Verbindung brachte, doch schon der erste Zug bewies, daß es genau der Tabakrauch war, der als einziges diesen Hohlraum zu füllen und die Beunruhigung zu dämpfen vermochte. Es war ihm jetzt gleichgültig, was er sich vorgenommen hatte. Der Mangel, den er empfand, war zu offensichtlich, um unausgefüllt zu bleiben.

»Rauchen Sie«, sagte Frau Mahmouni, die ihn aufmerksam betrachtete, »alle Männer, mit denen ich zu tun hatte, haben stark geraucht – nur einer nicht, Tesfagiorgis.« Sie zeigte auf den Äthiopier, der wahrscheinlich überhaupt keine Bedürfnisse hatte, jedenfalls solange er an diesem fernen Erdenwinkel diesen Stehimbiß betrieb.

An diesem Abend fand noch ein Wechsel in der Hauptkonstellation statt. Frau Mahmouni nahm Barbara zur Seite, im Widerspruch zu ihrem nachdrücklich geäußerten geschäftlichen Desinteresse an der Weiblichkeit. Es sah geradezu aus, als habe sie ihr einen Vorschlag zu machen. Souad nutzte die Zeit, sich statt dessen den Vetter vorzuknöpfen. Ihm ging Barbaras Wort im Kopf herum, sie werde zwischen dem Vetter und ihm, Souad, wie von Mühlsteinen zermahlen. Besser war es vielleicht, so mochte er denken, sie nicht zu zermahlen, sondern zu zerquetschen, indem er sich mit dem Vetter zusammentat.

»Das ist nicht meine Stadt«, sagte der Vetter in quengelndem Ton, und Souad entgegnete mit wehmütiger Treuherzigkeit, während die braunen Tieraugen – man sah fast nichts Weißes bei ihnen – den mageren Vetter festnagelten: »Seien wir doch mal ganz ehrlich. Meinst du, das ist meine Stadt? Das ist auch nicht meine Stadt.«

Als Hans ins Haus ging, sah Souad von dem Vetter auf, in dessen Ohr er geradezu hineingekrochen war, und sagte in muffigem Beschwerdeton: »Warum habt ihr mir nicht gesagt, daß der Hauswirt heute zu euch kommt?« Hans wußte von nichts. Souad wurde richtig ein bißchen ungezogen.

»Nein, nicht so tun, als wüßtest du nichts. Er war stundenlang bei euch oben. Was hat er gesagt? Sagen Sie mal: Was hat er gesagt?« Das Schwanken zwischen Du und Sie nahm Hans nicht krumm, aber als er anfing zu erklären, wo er die letzten Stunden zugebracht habe, wurde ihm plötzlich klar, wie unangemessen diese Fragerei und dieser beschwerende Ton waren. Er brach ab und sagte: »Geht Sie das etwas an?«

»Richtig, Souad«, rief Barbara herüber, »was du immer alles wissen willst. Nicht alle Leute haben so viel Geduld wie ich.«

Es entbrannte da draußen jetzt allseitiges Gackern, von dem Hans aber nichts mehr mitbekam. An der Tür der Wittekinds vorbei, die, wie ihm vorkam, auf nichtssagende Weise geschlossen war, stieg er in seinen vierten Stock.

*

Ina lag im Wohnzimmer auf dem Sopha, möglicherweise genau über dem Wittekind-Sopha – haben die Zimmer nicht wirklich ihre eigene Art, den Bewohnern die Einrichtung vorzuschreiben? – und schlief nicht und las nichts und hatte den Fernseher nicht angestellt und hörte auch keine Musik. Wartete sie? Sie war in abweisender Stimmung, gedankenvoll. Es war hell im Zimmer, viele gelbe Lampenschirme schufen eine weiche Helligkeit, lauter milde Sonnen strahlten in dem Raum. Man hatte kein Gegenüber, vor den Fenstern dehnten sich weite Regionen wie beim Blick von einem Turm.

Sie habe mit Mama gesprochen, sagte sie, ohne zu ihm hinzublicken. Sie habe versucht, Mama seine Theorie mit den Huren zu erzählen. Welche Theorie? fragte Hans ungehalten, die bloße Vorstellung, ein Gedanke von ihm werde Frau von Klein präsentiert – und dann vermutlich nur halbrichtig wiedergegeben –, mißfiel ihm. Nun, die von den Huren, die heute wie

Studentinnen aussähen – was sie selber übrigens nicht bestätigen könne, sie finde, die Huren auf der anderen Straßenseite sähen haargenau so aus, wie sie sich eine Hure immer vorgestellt habe; Beweis sei, daß sie die entsprechenden Damen auch sofort erkenne. Frau von Klein habe daraufhin wissen wollen, wo er sich denn solche Erkenntnisse erworben habe. Sie selbst wünsche das eigentlich nicht zu wissen, gebe die Frage aber weiter.

In kurzer Zeit sah er sich nun schon zum zweiten Mal zur Rede gestellt. Woher weiß man, was man weiß? Wenn sich das doch immer so genau feststellen ließe. Hurenerfahrungen hatte er beinahe nicht eine einzige, wenn er vom Militär absah, wo es zum Kameradenritual gehört hatte, die einzige Hure des ländlichen Standorts gemeinsam aufzusuchen; so betrunken war er dabei gewesen, daß er nicht einmal mehr hätte sagen können, was das für eine Frau gewesen sei. Aber darüber hinaus – was man so spricht und darstellt und behauptet – woher bezieht man das alles? Die Fälle, in denen man sagen kann: Aus dem und dem Buch in Kapitel drei oder aus dem und dem Film, sind selten. Irgendwoher fliegt einen an, was man weiß oder zu wissen glaubt, wie auf klebrigem Fliegenpapier bleiben im Hirn die durch die Luft sausenden Realitätssplitterchen hängen. Es gehörte aber zu Frau von Kleins Instinkt, solche Schwächen sicher herauszuspüren. Sie selbst wußte sich in Sicherheit. Sie gedachte das Damenrecht auf Schonung in Anspruch zu nehmen, wenn sie unbedacht daherplapperte.

Statt weiter auf die Frage der Schwiegermutter einzugehen, sagte Hans: »Souad behauptet, der Hauswirt habe uns besucht.«

»Das hat er allerdings«, antwortete Ina. Schade, daß er nicht dabeigewesen sei. Sie sprach träumerisch, wie unter einem Eindruck, der zu bedeutend war, als daß sie nicht noch ein wenig bei ihm hätte verweilen wollen, bevor sie darüber berichtete. Es hatte geklingelt, als sie sich gerade die Haare trocknete. Hans sagte sich im stillen, daß es schwer für einen unangemeldeten Klingler sei, den Augenblick zu erwischen, in dem Ina sich nicht die Haare trocknete. Sie öffnete mit dem Frotteeturban auf dem Kopf, im Vertrauen, Hans sei von seinen Leuten dort unten zurückgekehrt. Vor der Tür stand aber ein fremder Mann, eine außergewöhnliche Erscheinung. Noch nie hatte sie einen so dicken Menschen aus der Nähe gesehen. Der Körper schwappte förmlich bei jeder Bewegung um den Kopf herum, der klein und schweißüberströmt aus dem Faß seines Leibes herauswuchs. Keinen Augenblick sei sie besorgt gewesen, denn die kleinen Augen dieses Mannes hatten einen flehenden, schüchternen Ausdruck. Obwohl sein Haar grau war, kam er ihr sehr jung vor, die Haut seiner Hand war weich und zart wie die eines Säuglings. Er stellte sich vor. Er heiße Sieger, Urban Sieger, und sei der Hausbesitzer.

»Ich wäre froh, wenn ich eintreten dürfte, denn häufig werde ich den Weg zu Ihnen hinauf nicht schaffen. Es geht mir nicht gut.« Als er sich auf das Sopha setzte, war es als nehme er auf einem Sessel Platz. Das Sopha stand in der richtigen Proportion zu ihm, schon wirkte er nicht mehr so monströs.

»Wie gut, daß wieder ein glückliches junges Paar hier wohnt«, sagte Sieger, »Sie sind doch verheiratet?« Es liege nun schon Jahre zurück, daß er hier oben gewohnt habe, damals sei er besser zu Fuß gewesen. »Auch ich war damals verheiratet und bin es noch, aber nicht mehr glücklich, alles ist zerbrochen.« Er habe damals die Wohnung, wie sie war, verlassen, mit allem, was darin stand, er habe nichts davon mehr ansehen können. Seine Frau habe mitgenommen, was sie gebrauchen konnte – »das war ihr gutes Recht. Alles was ich besaß, gehörte auch ihr – was in dieser Wohnung war, habe ich zur Disposition gestellt.« Es war, während er das Wort Disposition aussprach, als wollten seine kleinen Augen wegkippen und im Kopf versinken – »Ich hatte eine Puppe«, sagte Ina, »deren Glasaugen sich mitunter wegdrehten, es sah aus, als würde sie plötzlich blind, dann habe ich sie geschüttelt, und dann waren die Pupillen mit Iris wieder da, aber Herrn Sieger kann man nicht schütteln – er würde es nicht einmal merken, wenn man ihn schubste.«

Seitdem sei die Wohnung schon öfter vermietet worden, und jeder Mieter habe mitgenommen, was ihm gefiel – er komme eigentlich nur, um nachzusehen, was inzwischen noch übrig sei. Sieh da, der Schreibtisch seines Vaters – er zeigte auf das schwarze Pseudo-Barock-Ungetüm mit den gedrehten Säulenbeinen. An diesem Schreibtisch habe sein Vater immer gesessen, er sei mit diesem Schreibtisch verwachsen gewesen, eine Schreibtisch-Sphinx gleichsam. So schwer sei dieser Schreibtisch, daß er wohl bis zuletzt noch in dieser Wohnung zurückbleibe. Ina war bereit, alles vorzuzeigen, und das war auch notwendig, denn in dem neuen Zeug, das die Räume füllte, ging der Siegersche Hausrat unter.

»Und das ist auch noch da«, sagte er scheu und geradezu dankbar, als sie ihm die Radierung von Burg Eltz brachte, die sie im Badezimmer aufgehängt hatte. Sie stamme von seiner Tante, die Malerin gewesen sei, sich das allerdings auch habe leisten können, denn sie habe einen reichen Mann geheiratet. Mit der Malerei habe sie keinen rechten Erfolg gehabt – »sie war im Grunde keine Künstlerin«, sagte Herr Sieger. Wußte er, was zu einer veritablen Künstlerin gehörte, oder gab er das

Urteil des Familienrates wieder? »Solche kleinen Sachen, das Illustrative, das lag ihr.«

»Wollen Sie das Bild nicht mitnehmen?« fragte Ina. Er wehrte heftig und ernsthaft ab. Nein, keinesfalls, er habe gegenwärtig – er seufzte – keine Verwendung dafür.

»Was wollen Sie schon für eine Verwendung haben für das kleine Bild?« fragte Ina, »man hängt es halt auf. Wenn es hier hängen kann, kann es doch auch bei Ihnen hängen – ich meine, aufhängen ist doch nicht dasselbe wie Verwendung haben?« Es war aber sehr freundlich, nicht belehrend gesagt, wie Hans sofort verstand, er kannte Inas Art, über ihr ungewohnte Redensarten zu stolpern und die Sache aufgeklärt wissen zu wollen.

»Vor dem Krieg war das eine gutbürgerliche Wohngegend, nicht elegant, das nicht, aber man konnte hier wohnen, meine Eltern waren respektable Leute«, sagte Sieger statt einer Antwort. Ihm ging es nicht darum, mit seiner Herkunft zu prunken, sondern sich erneut das rätselhafte Phänomen vor Augen zu führen, daß man in eiserner *stabilitas loci* verharren konnte, und doch um sich herum alles anders werden sah. Er bedauerte den Wandel nicht. Es beschäftigte ihn nur, wie dieses Haus die Bomben des Krieges, die um den Bahnhof herum besonders dicht gefallen waren, überstehen konnte, nur um dann, den Siebenschläfern vergleichbar, die das Wüten des Tyrannen verschlafen hatten, in einer anderen Welt zu erwachen.

Ob sie gestatte, daß er den kleinen Raum neben der Küche noch einmal betrachte? Damit seien besondere Erinnerungen verbunden. Als er aufstand war es, als rolle er vom Sopha herunter. Die alte Beobachtung über die Behendigkeit der Dikken, hier bestätigte sie sich. Er ging Ina voran, bei jedem Schritt ließ er den Boden leise erzittern. Sie betrachtete seine

Hose. »Wir beide hätten in dieser Hose wie in einem großen Schlafsack wohnen können, jeder in einem Hosenbein.« Sieger schob sich beim Gehen wie ein Automat voran, der Schritt des linken Beines wurde von dem Schwung der linken Schulter, der des rechten Beines mit dem Schwung der rechten Schulter vorangetrieben, so sah das aus. Das weiße Hemd, ein Zelt, klebte an seinem Rücken und ließ den Abdruck des Unterhemdes sehen. Er nahm nicht zur Kenntnis, was da alles neu angeschafft und renoviert worden war. Ihn bewegte nur, was er schon kannte. Die Kammer neben der Küche gehörte zu den Vorteilen der Wohnung. Sie war geräumig mit umlaufenden weißen Regalen, die jetzt frisch gestrichen waren. Solche Nebengelasse gibt es in neuen Wohnungen nicht mehr, sie machen solch eine Etage aber erst bewohnbar. Vieles kann in einer solchen Kammer verschwinden. Viel war daraus verschwunden.

»Meine Frau hatte und hat wohl immer noch eine Leidenschaft für Schuhe«, sagte Herr Sieger. Es sei kaum ein Tag ohne den Kauf neuer Schuhe vergangen. Überwiegend seien die Schuhe nicht teuer gewesen. Das klang geradezu beschwörend, er wollte keinen Vorwurf anklingen lassen, er gönnte ihr diese Sammelwut. Sie habe schmale und sehr schöne, aber vergleichsweise lange Füße, das Wort groß vermeide er bewußt, es vermittle einen falschen Eindruck. Für diese Füße sei es nicht leicht gewesen, Schuhe zu finden. Das Sammeln habe mit der Gewohnheit begonnen, jedes Paar Schuhe, das ihr paßte, zu kaufen. Denn sie habe stets befürchten müssen, nicht so schnell wieder passende Schuhe zu finden. So rar seien Schuhe dieser Größe dann aber auch wieder nicht gewesen. Viele habe sie nur wegen der Größe gekauft und dann gar nicht getragen, weil sie ihr nicht gefielen. Waren die Schuhe im

Haus, verfuhr sie rücksichtslos mit ihnen und warf sie einfach in diese Kammer. Schließlich habe sie nur mit Mühe noch zwei passende Schuhe zusammenstellen können, vom Betreten der Kammer war schon gar keine Rede mehr. Und da habe er sich einen Tag lang darangemacht, die Kammer aufzuräumen und die Schuhe zu sortieren.

»Ich habe hier auf den Knien gelegen«, sagte er und wagte Ina nicht anzusehen, so stark ergriff ihn die Erinnerung. Es war auch damals heiß, und die Luft war vom Geruch des Leders, des getragenen Leders erfüllt. »Ich weiß«, sagte Herr Sieger, »für Fremde hat die Vorstellung solchen warmen Ledergeruchs von getragenen Schuhen etwas Abstoßendes, und auch für mich war er teilweise abstoßend, aber auch anziehend. Es war ein sehr starkes und tiefes Erlebnis. Zum Schluß standen dreihundert Paar Schuhe hier aufgereiht wie die Soldaten – und doch muß damals etwas zerbrochen sein – bei ihr, als ich ihr die Kammer vorführte. Wir hatten uns gestritten, sie war ausgegangen, kehrte zurück, und ich zeigte ihr die Schuhkammer. Das war wohl ein Fehler.«

Dann entdeckte er auf dem Fensterbrett ein Glas voll von kleinen Geldstücken aus allen möglichen Ländern, wie man sie auf Reisen in den Hosentaschen sammelt und dann zu Hause irgendwo aufhebt in der Hoffnung, sie noch einmal brauchen zu können.

»Das ist immer noch da, keiner hat das bisher weggeworfen, wie seltsam«, sagte Sieger. »Sehen Sie? Penny, Franc, Lira – bei jeder Münze könnte ich Ihnen die dazugehörende Reise sagen. Welche Achtung die Leute doch vor kleinen Beträgen haben. Möbel hat man hier weggetragen, auch Bücher, aber diese Münzen stehen immer noch da und sind inzwischen überhaupt nichts mehr wert.«

»Wir haben schon welche dazugetan«, sagte Ina und zeigte ihm einen amerikanischen Cent. Herr Sieger begrüßte das. Aber dann wurde er verlegen und bat, eine ungewöhnliche Frage stellen zu dürfen.

»Haben Sie zufällig schon die Miete für diesen Monat bezahlt?«

Ina sagte: »Ja, natürlich, ich selbst habe die Überweisung geschrieben.«

»An wen, wenn ich fragen darf?«

»Wie es vereinbart ist: an Herrn Souad.«

Herr Sieger versank in Nachdenken und murmelte vor sich hin. Natürlich, so sei es schließlich vereinbart, es sei dann wohl in Ordnung so. Sei das Geld etwa nicht angekommen? Sicher sei das nie, sagte Herr Sieger, aber normalerweise komme es schon an, Herr Souad habe sich doch nicht beschwert.

»Sprechen Sie mit Herrn Souad«, das hatte Ina als Aufforderung gemeint, aber unversehens klang es unbestimmt, beinahe wie eine Frage. Nein, mit Souad werde er nicht sprechen, sagte Sieger bestimmt, keinesfalls. Und das, obwohl er gegenwärtig keinen Pfennig, nicht einen einzigen Pfennig besitze.

Ob sie ihm mit fünfzig Euro aushelfen dürfe, fragte Ina. Die Verblüffung hatte ihr diesen Vorschlag eingegeben. Herr Sieger drehte einen Augenblick die Augen weg, bekam sie aber wieder in die Gewalt, faßte Ina würdevoll wie noch an keinem Augenblick des Abends, ja geradezu streng ins Auge und sagte: »Ich würde dies Angebot gerne annehmen.«

VIII

Es war etwas geschehen, mit dem weder Hans noch Ina hatten rechnen können. Ein gesunder, junger Mensch stellt sich Veränderungen des Lebens stets als äußeres Ereignis vor: ein neuer Beruf, eine neue Liebe, ein großer Erfolg, neue Menschen, eine neue Stadt, ein neues Land. Wer klug ist, mag hier auch allfälliges Unglück in Rechnung ziehen, denn wir bewegen uns auf dünnem Eis, unsere Schritte erzeugen ein Knistern, das der Lebenserfahrene hören kann, der Bruch der Eisdecke eines Tages ist das zu Erwartende. Im Kleinen war das selbst dem glücksbegabten Hans so geschehen. Man zog sich sorgfältig an, um zu einer wichtigen Verabredung zu eilen, setzte sich aufs Fahrrad, sauste davon auf gewohnten Wegen, auf denen jeder Stein einem vertraut war, geriet bei dem Versuch, einem entgegenkommenden Auto auszuweichen, mit dem Vorderrad zu nah an den Bordstein, schlidderte die Kante entlang und flog schließlich über das Lenkrad hinweg auf den Asphalt. Die Hosen waren zerrissen, die Hände, die sich aufgestützt hatten, blutig verschrammt, das Knie tat weh, mußte durchleuchtet werden und war angebrochen. Die Verabredung fiel aus, die nächsten Tage verliefen völlig anders als geplant, das alles hatte sich in einer einzigen Sekunde entschieden. Ein philosophischer Augenblick war das, wenn man es recht bedachte und seine Schlüsse daraus zog. Solche Einbrüche hinzunehmen und gar anzunehmen und zu überwinden, wurde vom erwachsenen Menschen erwartet. Das Scheitern aller Pläne war immer mit einzurechnen.

Was aber geschah, wenn gar nichts Schlimmes geschah: niemand gestorben, kein Haus abgebrannt, keine Schulden und keine Krankheit, und das Leben, das weiterhin nicht aufhörte, sich wie vorgesehen und erhofft und angestrebt zu entwickeln, dabei unversehens eine neue Farbe annahm, einen unerwarteten Geruch, eine Eintrübung des Lichtes hinnehmen mußte, wenn die Luft dicker wurde und das Atmen zur Arbeit?

Ina dachte an Herrn Siegers Worte über sein Haus, das einem anderen Jahrhundert entstammte und sich nun in einer Welt befand, für die man es nicht geplant hatte. Ohne sich selbst verändert zu haben, war es plötzlich etwas Minderwertiges, Schäbiges geworden. Was ihr eigenes Befinden anging, das ließ sich gewiß nicht mit einem solchen Haus vergleichen, aber sie war durch Siegers Worte auf eine Spur gesetzt worden. Wie gut es ihr ging. Wie froh sie war, Hans geheiratet zu haben und mit ihm als seine Frau zu leben, was sie beide jahrelang angestrebt hatten – die Verlobungszeit zog sich auch deshalb so lange dahin, weil Ina ihre Mutter zunächst unbedingt im Guten bewegen wollte, die Zustimmung zu dieser Ehe zu geben, erst als das aussichtslos war, erklärte sie, Hans dennoch zu heiraten. Von diesem Tag an hatte Frau von Klein sofort alle Bedenken fallenlassen und sogar behauptet, sie sei von Anfang an für diese Ehe gewesen, aber die jungen Leute wüßten eben nie, was sie wollten. Wie sehr dieses Leben, das Ina jetzt führte, ihren Hoffnungen und Absichten entsprach, gerade auch, was die Zurückgezogenheit anging, die sich aus der Fremdheit der Stadt ergab; beide hatten sich vielfach versichert, wie sie sich danach sehnten, die Vielzahl der Leute loszuwerden, die Ansprüche an sie erheben durften. Wie zufrieden sie sein konnte mit dem Renovieren und dem Einkaufen für die Wohnung – all dies stand als unbestreitbares Glück vor ihren Augen.

Alles war, wie es sein sollte – und doch, alles war zugleich ungreifbar anders als erhofft und erwartet. Das Freudenfeuerchen, das immerfort gebrannt hatte, wenn sie zusammen waren, war erloschen. Aber wann genau? Erst bei der Rückkehr von der Italien-Reise mit Frau von Klein? Während dieser Reise? In den Tagen danach? Hatte dieses Erlöschen mit der Reise zu tun? Ina machte sich insgeheim Vorwürfe gereist zu sein. Sie sah jetzt, was ihre Mutter ihr da zugemutet hatte: Den jungen Ehemann allein zu lassen bei neuer Stelle und ohne Wohnung und sich dann bei der Rückkehr ins gemachte Nest zu setzen. Und wenn sie sich auch nicht in regelrechte Selbstanklagen hineinsteigerte, so suchte sie doch die Schuld bei sich. Hans warf sie nichts vor, er war wie zuvor, war verliebt und lächelte, wenn er sie sah, und war außerdem unerhört fleißig und geschickt, was die Bank anging. Nur daß sie inzwischen mit Bangigkeit zu bemerken meinte, daß die Veränderung, dies Unnennbare, das alles überschattete und matt machte, auch an ihm nicht vorüberging.

Eine Weile wiegte sie sich in der Hoffnung, daß Hans gar nichts wahrnahm von diesem über ihr hängenden großen Flügel, unter dem es dunkler war. Es tröstete sie und beruhigte sie, daß diese trübe Einfärbung offenbar kein objektives Ereignis war, sondern nur von ihr wahrgenommen werden konnte. Dann glaubte sie, sie selbst müsse nur einfach von ihrem Eindruck wegsehen, ihn unbeachtet lassen und so tun, als sei alles beim alten. Unversehens kam sie sich in ihrer Schauspielerei aber würdelos vor. Warum sollte sie Freude zeigen, wenn ihr danach nicht zumute war?

»Was hast du?« fragte Hans eines Nachts, als der Mond auf ihre Bettdecke schien, weil sie das Rouleau noch nicht heruntergezogen hatten. Ihre Antwort ist schon tausend Mal auf eine solche Frage gegeben worden: »Nichts«, aber sie fügte, nach einer Weile des Schweigens wenigstens hinzu: »Es hat nichts mit dir zu tun.« Da war es Hans nicht zu verdenken, wenn er die Ohren spitzte.

*

Eine erste größere Auseinandersetzung – Krach will man sie nicht nennen, aber ungewöhnlich war sie doch für die beiden – gab es, als die Leute im dritten Stock, »le ménage Wittekind«, wie Frau von Klein gesagt hätte, zum Abendessen baten. Hans freute sich über diese Geste von Herzen. Er hatte Ina schwungvoll und begeistert von seinem Besuch erzählt und nachgedacht, wie man die Verbindung vertiefen könne. Ob es passend sei, dieses Paar einzuladen? Da rief Britta schon an und schlug »ein einfaches kleines nachbarliches Essen« vor. Aber Ina freute sich nicht. Was sie gehört hatte, machte sie nicht neugierig. Sie war schüchtern, und sie hatte sich kaum außerhalb ihrer eigenen gesellschaftlichen Kreise bewegt. Ein Mann mit so vielen Büchern würde sie ganz gewiß langweilig finden. Was sagte man zu einem solchen Mann? fragte sie ratlos, als enge die Lektüre vieler Bücher den Gesprächshorizont des Lesers derart ein, daß er nicht mehr in der Lage sei, eine Tischkonversation zu bestreiten. Die Vorstellung, eine Schauspielerin zu ·sehen, war ihr gleichfalls nicht angenehm, auch wenn sie hübsch sei. Obwohl Hans nachdrücklich von dieser Hübschheit sprach, zeigte sich bei Ina aber nicht der kleinste Zipfel Eifersucht. Sie war selbst hübsch und fand es selbstverständlich, daß die Leute, mit denen man verkehrte, hübsch waren, und sie ging großzügig mit diesem Prädikat um, das unterschied sie von vielen Frauen, die einen übelwollenden, zänkisch-kritischen Blick auf das eigene Geschlecht werfen. Ina wollte geradezu, daß Frauen hübsch waren und auch Hans gefielen. Es war, als ahne sie sehr deutlich – eigentlich über ihre Erfahrung hinaus, aus einer grundsätzlichen Disposition heraus –, daß Hübschheit und erotische Anziehung zwei Dinge waren, die miteinander nichts zu tun haben mußten. Auch sie fand, daß Schauspielerinnen zu den »interessanten Leuten« gehörten, wie das hieß, daß es erstrebenswert sei, mit einer »hübschen Schauspielerin« einen Abend zu verbringen, so entschieden sie für sich selbst alle Schauspielerei ablehnte, aber sie fühlte sich außerstande in dieser ihr noch rätselhaften, undeutlichen Verfassung »interessante Leute« zu besuchen. Das mußte einen Mißerfolg geben.

Davon sagte sie Hans nichts, sondern schlug vor, er möge alleine gehen – »wenn es denn überhaupt klug sei, mit Leuten aus dem Haus so schnell Freundschaft zu schließen«. Das könne sich doch zu einer großen Belastung entwickeln. Es sei ihr unheimlich, die Leute dann womöglich jeden Tag irgendwie mit Freundlichkeit bedenken zu müssen, immerfort unter dem Druck zu stehen, sich gegenseitig einzuladen, und schließlich Angst zu haben, die Wohnung zu verlassen, weil man Schritte im Treppenhaus gehört habe. Als Hans das alles nicht gelten lassen und vor allem keinesfalls allein dort erscheinen wollte – »wie das denn aussehe, ein zweites Mal« –, versuchte sie, sich hinter ihrer Mutter zu verschanzen. Heute sei der Telephontag von Frau von Klein, denn heute gehe sie nicht aus und sitze allein zu Hause, ein bemitleidenswertes Bild.

Es war eigentlich erst der Appell an die Bedürfnisse von Frau von Klein, der die Schärfe ins Gespräch brachte. Plötzlich wollte Hans von den Wünschen und überhaupt dem Befinden seiner Schwiegermutter nichts mehr wissen. Es sei ihm gleichgültig, was Frau von Klein an einem solchen einladungsfreien Abend unternehme. Wie sie die tote Zeit, ohne von anderen Leuten unterhalten zu werden, bis zum Schlafengehen herumbringe, interessiere ihn nicht. Es lasse ihn die Vorstellung kalt, daß Frau von Klein heute abend vor Langeweile Juckreiz bekomme. Frau von Klein habe sich niemals für das Befinden anderer Leute interessiert – und könne in diesem Desinteresse durchaus für vorbildlich gelten –, vor allem aber sei ihr ihre Tochter stets perfekt gleichgültig geblieben: Sie habe ihr ja nicht einmal einen richtigen Namen gegeben. Ina – das sei kein Name, sondern die Abkürzung eines Namens, aber ob Georgina, Albertina oder Martina gemeint war, wisse Frau von Klein nicht, die nur einen einzigen Zweck mit dieser Ina verfolgt hatte: Das Monogramm ihrer Silbersachen – sie hieß Irma – sollte auch für die Tochter passen, damit später nichts graviert werden mußte. Tatsächlich war im Familienkreis von der praktischen Gleichheit des Monogramms von Mutter und Tochter gelegentlich die Rede, aber im Sinn des Lobpreises für soviel vorausschauendes Wirken. Es wirkte geradezu heimtückisch auf Ina, daß Hans dieses Familienthema jetzt zu seiner Schmähung der Schwiegermutter hervorholte.

Sie war verletzt, weil ein solcher Angriff bei dem geduldigen, aber auch diplomatischen Hans bisher nicht vorgekommen war. Sie hatte sich mit ihm einig geglaubt, daß ihre Mutter zu ertragen sei und daß er die Notwendigkeit, sich deren Launen zu beugen, genauso erkannte wie sie selbst. Hier tat sich ein Riß auf, den sie als bedrohlich empfand. Niemals würde sie zulassen, daß Hans einen Machtkampf um Frau von

Klein erzwang. In der Stimmung, in die sie geraten war, hatte niemand das Recht, zum Wanken zu bringen, was ihrem Leben Sicherheit gab.

Als Hans und Ina gebadet und erfrischt in leichten sommerlichen Kleidern, rundum appetitlich und erfreulich aussehend, das bereits erwähnte »schöne Paar« eben, bei Lilien und Wittekind klingelten, war dies überzeugend schöne Aussehen, das die Gastgeber sichtlich wahrnahmen, nur die Fassade, hinter der sich eine ernste Verstimmung verbarg. Man hatte keine Zeit gehabt, sich zu versöhnen, war dazu auch nicht geneigt und hatte in frischem Zank die Wohnung verlassen.

Die obere Wohnung war weit, hell und etwas nackt, hier unten war alles höhlenhaft und wirkte dadurch auch ein wenig kleiner. In der Sommerhitze war allein der Anblick der beiden erfrischten Frauen schon ein Labsal, es war, als gehe Kühle von ihren Körpern aus. Sie mochten gleich alt sein, aber Ina erschien als die Jüngere, das Bühnendasein gab Britta die Möglichkeit, ein souveränes Auftreten auch dann zu markieren, wenn ihr danach eigentlich nicht zumute war. Zwischen den Bücherstapeln war ein kleiner Tisch aufgeschlagen, ein richtiges Tischlein-deck-dich war herbeigeflogen, mit Kerzenleuchtern und einem Eiskübel und daraus ragenden Weinflaschen. Der lässig in seine freundliche Ironie wie in eine bequeme Hausjacke gehüllte Hausherr wirkte, als habe er kaum vom Schreibtisch aufgesehen, während all dies herbeigeflogen war. Britta kam nämlich aus dem Theater und hatte zu Vorbereitungen keine Zeit gehabt, aber wer immer da tätig geworden war, er hatte seine Arbeit geschickt gemacht.

Es gab nur kalte Sachen. Gekühlte Tomatensuppe mit Basilikumblättern, kalten Braten und Bohnensalat, schließlich Zitroneneis, das mußte Ina dann doch gefallen. Sie entspannte sich auch, wie Hans aus den Augenwinkeln festzustellen meinte, wenn sie seinem Blick auch weiterhin auswich. Wittekind behandelte Ina mit zeremonieller Höflichkeit, aber Hans zweifelte, ob seine großen, etwas hervortretenden Augen sie überhaupt wahrnahmen. Mit Lebhaftigkeit sprach er, wenn er sich an Hans wandte. Durch Ina schien er, mit mondhaft gütiger Miene, hindurchzusehen.

Man sprach davon, wie schön es wäre, an einem solch heißen Abend vor diesem Treffen noch im Main schwimmen zu gehen, der schließlich beinahe an der Haustür vorüberfloß. Vor dem Krieg sei das üblich gewesen, sagte Wittekind, obwohl der Fluß damals schmutziger gewesen sei als heute. Man habe in dieser Zeit einen Fluß ja noch ganz unschuldig als große Abflußrinne angesehen. Die Strömung sei heute natürlich erheblich stärker, weil der Fluß ausgebaggert und für die großen Schlepper schiffbar gemacht sei. Wer heute in ihn hineinsteige, komme wahrscheinlich weit entfernt von seinen Kleidern wieder heraus. Dennoch werde sich das ganze Verhältnis der Bewohner zu ihrer Stadt ändern, wenn sie wieder im Fluß schwämmen.

»Du gehst doch niemals schwimmen, nicht am Meer und nicht im Schwimmbecken«, sagte Britta. Wittekind gab das mit der bekannt gelassenen Miene zu, richtig, er selbst schwimme nie, wisse auch nicht, ob er es noch könne, denn er sei das letzte Mal in tiefem Wasser gewesen, als man ihn in der Schule dazu gezwungen habe. Als Hans allein dagewesen war, hatte Britta gesammelt und andächtig gelauscht, so sah das doch aus, wenn ihr Freund sprach und nachgerade dozierte. Sie hatte Hans das Gefühl vermittelt, daß sie selbst am meisten genieße, an diesem Born der Weisheit zu sitzen, aber heute gab sie Widerwort und stichelte gegen ihn, als ob sie eine Störung seiner Gelassenheit versuche, aussichtslos freilich, die ironische Hausjacke verbarg in Wahrheit ein Kettenhemd, das undurchdringlich war. Hans meinte zu sehen, daß es Inas Anwesenheit war, was Britta veränderte. Sie wollte sich in der Gegenwart einer anderen Frau ganz offensichtlich nicht nur passiv ergeben darstellen.

Die Arbeit gegenwärtig sei sehr intensiv, sagte sie mit großem Ernst. Sie arbeite gegenwärtig mit Alexander Rutz – den Namen mußte man offenbar kennen –, und das sei eine Chance, aber auch eine harte Herausforderung. Sie habe keine große Rolle in diesem Stück, sie wolle gegenwärtig ganz bewußt keine große Rolle, aber Rutz arbeite aus ihrer kleinen Partie eine Miniatur heraus, die in ihrer Präzision beinahe zum Zentrum des Abends werde. Britta beschrieb die Rolle einer Frau, die von ihrem Liebhaber verlassen worden sei und nun vor Schmerz fürchten müsse, wahnsinnig zu werden. Wie aber lege Rutz dieses Wahnsinnigwerden an? Aus dem Text gehe so gut wie nichts hervor. Es schwinge mit, beim ersten Lesen aber entgehe einem der Wahnsinn, sie habe zunächst überhaupt nichts davon bemerkt.

»Die Frau hat verstanden, daß der einzige Mann, den sie je geliebt und dem sie fest vertraut hat, sie verrät und schon über alle Berge ist« – das sei die Situation. Und nun diese Delikatesse: In dieser Lage werde sie von einem Passanten nach dem Weg zum Bahnhof gefragt.

»Sie begreift: Diese Frage ist der ihr vom Schicksal zugeworfene Rettungsring. Diese Frage stammt aus einer Welt, in der man ihren Kummer und den erlittenen Verrat nicht kennt, in der es diese beiden sie bedrängenden Mächte gar nicht gibt. Während sie auf diese Frage antwortet, tritt sie, für die Dauer der Antwort, aus ihrer eigenen schrecklichen Realität hinaus und begibt sich in eine Wirklichkeit ohne Schmerz, in eine Sphäre radikaler Sachlichkeit, in der niemand leidet, in der es einzig um die Lösung der praktischen Frage geht, wie man am schnellsten zum Bahnhof kommt.« So habe Rutz ihr das in einem Privatissimum erklärt. Alle Kollegen hätten gewartet und gestaunt, was es da zu sprechen und zu arbeiten gebe für diese knappe Szene.

»Spiel sie alle an die Wand«, habe Rutz ihr zugeflüstert. Das sei allerdings seine Methode, dies Alle-gegeneinander-Aufhetzen, um die berühmte »Rutz-Hysterie« zu erzeugen, die tatsächlich etwas Einzigartiges sei, wenn man bereit war, sich darauf einzulassen. Und so hatte die Arbeit heute ausgesehen: In ihren betäubenden Schmerz, der wie ein Messer in ihrer Brust sitzt, mitten hinein fragt der bewußte Passant. Und nun beginnt sie, mit einer fanatischen Pedanterie den Weg zu erklären, zeigt den Weg mit einer besessenen Exaktheit, so daß alle förmlich spüren, wie sehr sie sich an dieses Stück Objektivität klammert. »Es muß deutlich werden, daß sie den Schmerz während der Erklärung tatsächlich für einen Augenblick vergißt. Die Stelle, wo das Messer sitzt, wird taub – für diesen Augenblick, in dem der Zuschauer versteht, wie es um sie bestellt ist.«

Es war, als sei bei der Probenarbeit auch ein Impuls für diesen Abend gegeben worden. Rutz konnte stolz sein, wie gut er sich verständlich gemacht hatte. Die ihr gestellte Aufgabe war allerdings schwer – »vermutlich unlösbar«, sagte Wittekind, der dem heftigen Redestrom unbewegt lauschte. Der lichte Sommerabend war unmerklich dunkler geworden. Jetzt war aus der blauen Stunde, die eine Weile gar nicht hatte weichen wollen und nur immer blauer wurde, doch noch eine wirkliche Dämmerung herausgekommen. Hans sah zu Wittekind hinüber, der sich wieder, wie schon das letzte Mal, auf einem Schattenplatz befand. Jetzt hatten die Schlagschatten ihm ein neues Gesicht aufgeschminkt. Es sah aus wie eine zu triumphierendem kaltem Hohn verzerrte Maske. Die Kerzen setzten den Augen ein diabolisches Glitzern auf. Merkte sonst niemand die Veränderung, die in ihm vorgegangen war? Britta war nach ihrer Privatvorführung wieder still geworden. Sie litt jetzt an der Verstimmung, die viele Schauspieler nach der Arbeit befällt. Sie haben ihr Bestes gegeben, aber wieviel davon über die Rampe gekommen ist, bleibt selbst nach freundlichem Applaus unklar. Als Hans und Ina aufbrachen, war die Verabschiedung dennoch herzlich.

Ehepaare, die sich auseinandergelebt haben, finden in gemeinsamem Spott über andere Leute oft noch ein Stückchen der alten Gemeinsamkeit zurück. Man hat einen Ton gemeinsam, man sieht Ähnliches und lacht über dasselbe. Unter dem Gesichtspunkt ehelicher Friedfertigkeit und des Festhaltens am gemeinsamen Leben ist der böswillige eheliche Nachklatsch moralisch durchaus zu rechtfertigen. Auch Ehefrieden hat eben einen Preis. Hans und Ina waren heute abend zum ersten Mal in der Verfassung, diesen Weg zu beschreiten, um wieder zueinander zu finden. Ina hatte den ganzen Abend geschwiegen, auch deshalb, weil niemand das Wort an sie richtete, aber dafür hatte sie gut zugehört.

»Plötzlich hatte ich das Gefühl, daß jedes einzelne Wort, das diese Frau sagte, gelogen war. Sie hat es so hinbekommen, daß alles, was sie sagte, falsch klang, auch ganz gleichgültiges Zeug. Zum Beispiel: ›Ich vertrage kein Olivenöl‹ oder ›Ich brauche zum Arbeiten eine Flasche Champagner‹ oder ›Ich möchte keine Hauptrolle spielen, ich bin noch nicht soweit‹ oder ›Wir freuen uns wahnsinnig, Sie zu sehen‹ oder ›Ich hasse

Rom‹ oder ›Ich liebe Musik‹ – daß das alles ausgedachte Behauptungen sind, von denen das Gegenteil ganz genauso gestimmt oder auch nicht gestimmt hätte. Und du hast an ihren Lippen gehangen, aber der Mann ist nicht dumm, dem war das alles furchtbar peinlich.«

Hans bestritt, an Liliens Lippen gehangen zu haben, obwohl er genau das getan hatte, aber ohne ihr zuzuhören, nur indem er ihre Lippen in ihrem Klappauf-Klappzu beobachtete – »muschelrein« fiel ihm ein, wenn er an diese hellgrauen Lippen dachte, die ein zarter Speichelfilm opalisierend glänzen ließ, aber er lachte von Herzen, als Ina ihre Aufzählung brachte. Sie war unbestechlich gegenüber falschen Tönen, nur bei ihrer Mutter nicht, und doch steckte mütterliches Training in diesem arglos-unbestechlichen Hinhören. Ina ließ sich von ihm ein bißchen umarmen. Sie versöhnten sich auf Kosten der Wittekinds. Es trug zu Inas Befriedigung bei, daß sie schwören wollte, dort unten sei nach ihrem Verschwinden noch ein Streit losgebrochen. Sie meinte, im Schacht, auf den die Badezimmerfenster beider Wohnungen hinausgingen, einen scharfen Wortwechsel gehört zu haben.

IX

Heute nacht war es anders als gewohnt: Ina hatte sich kaum
ausgestreckt und mit dem Leintuch zugedeckt, ein Geschenk
aus den alten Aussteuerbeständen der Mutter, und tatsächlich
war ein großes I unter kleinem fünfzackigen Adelskrönchen
hineingestickt, da fielen ihr auch schon die Augen zu, während Hans, der sich zu ihr gedreht hatte, um, wie sie es zuvor
immer getan hatten, sich gegenseitig in den Schlaf zu plau-
dern, allein im Zustand der Bewußtheit zurückblieb. Und so
sehr er sich auch wünschte, daß der Schlaf ihn einholte und
in die Arme nahm, es wurde nichts daraus. Er blieb hellwach.
Zunächst war es die Enttäuschung, die ihn munter hielt.
Hoffte er etwa, daß die zurückgekehrte gute Laune in Ina den
Wunsch gefördert hätte, sich noch ein bißchen mit ihm zu beschäftigen? Jedes geübte Paar hat sein kleines Ritual in der
Liebe. Bei diesen beiden kam die Leidenschaft nicht in Lüsternheit oder durch irgendwelche aufreizenden Manöver zustande, sondern spielerisch. Außenstehende, die es zum Glück
nicht gab, hätten auch von Albernheit sprechen können. Die
ging vor allem auf Inas Konto, die sich, obwohl Hans keineswegs ihr erster Liebhaber war, in der Vorstellung gefiel, »von
diesen Dingen nicht viel zu verstehen« und auch nicht zu begreifen, was die Leute daran so wichtig fänden. Hierin hätte
eine tüchtige Portion Heuchelei gelegen, wenn die angebliche
Ahnungslosigkeit nicht in ihr Spiel eingebaut gewesen wäre.

Von Hans' Seite gehörte zum Ritual die Frage, ob »er ihr wehtue«, die nach Zögern verneint wurde. Daß es Hans nicht
glücklich machte, Ina die Frage, ob er ihr »wehtue«, nun schon
eine Weile nicht gestellt zu haben, darf man freilich annehmen.
Ina schlief mit festen Zügen, aber die Hitze setzte ihr auch
im Schlaf zu, und so schob sie das Leintuch weg. Ihre Schultern, immer noch leicht bronziert, und die weißen Brüste kamen aus dem Laken hervor. Zeit sie zu betrachten hatte Hans.
Sie knirschte leise mit den Zähnen und runzelte die Brauen.
Etwas Unerfreuliches begegnete ihr in dem nahen fernen
Land, in das sie sich hatte hineingleiten lassen.

Liebevolle, oder besser, begehrliche Gedanken, die aber
nicht auf Erfüllung hoffen durften, galten ihrem Anblick, aber
Gelegenheit, die letzten Stunden zu bedenken, gab es auf diese
Weise gleichfalls. Hans staunte, wie unerwartet scharfsinnig
Ina beobachtet hatte. Wie unversöhnlich kritisch sie war. Da-
bei hätte Britta eine Schwester von ihr sein können in dieser
»Muschelreinheit« – da war es wieder, das seltsame Wort, aber
Hans wollte etwas ganz Bestimmtes darunter verstehen: Das
Muschelige sollte die Vorstellung eines reinen, dünnflüssigen,
duftenden Speichels hervorrufen. Das Appetitlichste, was es
für Hans überhaupt gab, sich in einen solchen reinen süßen
Speichelmund zu versenken, das war der Gipfel seiner Wün-
sche.

Er konnte, wenn er sich aufrichtig Rechenschaft gab, auch
gar nicht finden, daß Britta da nun unablässig »gelogen« habe,
ohnehin ein viel zu starkes Wort, Ina war eben noch sehr jung,
man konnte sagen, sie war von juvenilem Moralismus. Britta
hatte ein wenig auf die Pauke gehauen. Sie war Gastgeberin
und wollte die Gäste unterhalten. Bei einer Schauspielerin war
es nicht mehr als recht und billig, wenn das dann bedeutete,

daß die Gäste zu Publikum werden mußten. Schon deshalb war der ernste Begriff Lüge hier ganz fehl am Platze. Eine Schauspielerin log nie. Sie spielte ihre Rolle, und wenn man solches Theaterspielen im Privaten, nachdem der eigentliche Vorhang gefallen war, auch fragwürdig finden mochte, war es doch ein verzeihliches gesellschaftliches Delikt. Fragten sich die Wahrheitsfanatiker eigentlich zuweilen, was ihnen überhaupt den Anspruch auf wahrheitsgemäße Reden, wahrheitsgemäße Bekenntnisse gab? Warum sollte man denn verpflichtet sein, sich vor Fremden zu entblößen?

Er hatte über Inas Sammlung von aufgespießten Bemerkungen gelacht, aber er fühlte sich jetzt, nachdem sie ihn allein gelassen hatte, ein bißchen schlecht mit diesem Gelächter, als habe er damit einen Verrat verübt, der dazu noch gar nicht belohnt worden war.

Für Hans war die Treue zu Ina eine Selbstverständlichkeit. Er war keine frivole Natur. Auch wenn sich früher die Gelegenheit zu kleinen Abenteuern ergab, schenkte er seinen Damen immer reinen Wein ein, und empfand keine Freude daran, jemanden zu betrügen. In dieser Hinsicht hatte Frau von Klein schon recht mit ihrem Urteil, Hans sei »plain«, aber Ina sah diese Einfachheit als Vorteil und wollte gern in einfachen Verhältnissen leben und selbst auch einfach sein. Ina war eigentlich niemals Hansens Geliebte gewesen, in der vollen, berauschenden, sinnlichen Bedeutung dieses schönen alten Wortes. Es war da von Anfang an eine Art erotischer Geschwisterlichkeit zwischen ihnen, wie man sie vielleicht bei Völkern findet, in denen man die kleinen Buben und Mädchen lange vor der Geschlechtsreife miteinander verlobt und zusammen aufwachsen läßt, so daß sie sich, wenn der Augenblick der Hochzeit dann schließlich kommt, schon ihr ganzes Leben lang zu kennen meinen, weil sie zusammen sprechen gelernt und zusammen Versteck gespielt haben. Treue wird hier ein Lebensgesetz. Und obwohl Hans nicht mit Ina aufgewachsen war, sondern sie erst vor fünf Jahren kennengelernt hatte – der Entschluß zu heiraten war von beiden schon sehr schnell gefaßt worden, beinahe gleichzeitig, einen regelrechten Heiratsantrag hätte man historisch nicht destillieren können –, war ihm, als habe er sie schon immer gekannt. Eine Treulosigkeit war ihm dennoch anzulasten und keine kleine: die Treulosigkeit gegen die vielen Jahre vor Ina, die nun mit all ihren Begegnungen und Erlebnissen gar nichts mehr darstellen sollten.

Der Treue-Sockel – um es architektonisch zu sagen –, auf dem Hans mit Ina stand, war also äußerst stabil fundamentiert, so felsenfest errichtet, daß er sich gar nichts dabei dachte, als er sich nun in Gedanken mit Britta beschäftigte. Wer die Untreue nicht kennt, vermag auch ihre ersten Anzeichen nicht wahrzunehmen. Er meinte sich keinen Fingerbreit von der neben ihm im Mondstrahl schlummernden, vom weißen Mondlicht gestreichelten und mit dem nackten Körper selbst in einen Mond verwandelten Ina, die schwach zu leuchten schien, zu entfernen, während er sich den Gedanken an Britta überließ. Dieses Mädchen hatte sich ihm heute abend so nachdrücklich und ungeschützt sichtbar gemacht, wie es nur eine Schauspielerin konnte, der es aus den Gesetzen ihrer Profession heraus verboten war, sich vor dem Publikum zu schonen. Freiwillig unsympathisch sein, war das nicht etwas sehr Tapferes? Aber wußte Wittekind mit seinem schläfrigen Sarkasmus solche Tapferkeit überhaupt zu würdigen?

Es war so heiß, daß das Liegen Unbehagen bereitete. Er stand auf, um in der Küche Durchzug zu machen und sich an das offene Fenster zu stellen. Die Lähmung der hohen Temperatur hatte sich inzwischen auf die ganze Stadt gelegt. Selbst in der heruntergekühlten Bank ließ das Arbeitstempo nach. Die Leute kamen von einer heißen Nacht zermürbt und schweißgebadet ins Büro und spürten in sich die verbotene Sehnsucht nach einer langen Siesta. Viele nahmen Urlaub, und das behinderte die täglichen Vollzüge wohltuend. Hans holte eine Flasche gekühltes Mineralwasser aus dem Eisschrank, aber das war auf einmal zu kalt und schmerzte an den Zähnen und im Magen, auch hier war keine Erleichterung in Sicht.

Auf dem Fensterbrett stand das Glas voller Münzen, Herrn Siegers Reiseandenken, wie Hans jetzt wußte. Er setzte sich an den Küchentisch und leerte die angelaufenen Münzen aus. Wie Spielmarken rollten sie auf die Platte. Dazu könnte man sie vielleicht verwenden, dachte Hans, vielleicht fangen wir im Winter ja wieder das Kartenspielen an – gewiß nicht mit den Wittekinds, fügte er dann mit leichtem Bedauern hinzu, die spielten bestimmt nicht Karten. Darin bestand nämlich der eigentliche Vorbehalt Frau von Kleins gegen Intellektuelle: daß sie keine Karten spielten. Erst wenn man aufs Kartenspiel verzichtete, tat sich die Bedrohung durch das Gespräch ja auf.

Wie Sieger vor Ina nahm er sich jetzt die einzelnen Münzen vor. Es war auffällig, wie sehr die Fähigkeit der Medailleure mit den Jahrzehnten abgenommen hatte, das Rund einer Münze mit einem guten Relief zu füllen. Die besten Leute schienen noch in England zu arbeiten, auch die Nordamerikaner machten gute Reliefs, sie gruben die Münze regelrecht aus und ließen den Kopf in der Mitte schön plastisch stehen, aber das waren alte Entwürfe, erstaunlich, wie konservativ man in Nordamerika mit solchen öffentlichen Dokumenten war, in Europa wurde unablässig entworfen und geändert, als bleibe sonst die Uhr stehen. Hans sortierte die Münzen und baute

Türmchen aus Pence und Peseten. »Dei gratia regina« und »Por la gracia de Dios Caudillo« wuchsen nebeneinander in die Höhe.

Aber was war das? In dem Haufen blinder Geldstücke funkelte es unversehens rotgolden. Ein Ehering, ein schmaler, innen mit verwischten Initialen und unlesbarem Datum gezeichneter Reif. Herr Sieger war schon ein seltener Patron. Gut versteckt war das schicksalsträchtige Ringlein gewesen. Wer sich nicht über das Glas und seinen Inhalt hermachte – und welcher vernünftige Mensch tat das schon –, der würde ihn nicht finden. Offenbar hatte Herr Sieger selbst vergessen, was er hier aufbewahrte. Oder lag in diesem auffälligen Verstreuen seines Eigentums eine Absicht? Oder hatte der letzte Mieter den Ring hier vergessen? War in dieser Wohnung gar eine Ehe auseinandergegangen? Hatte sich ein Mann oder eine Frau geweigert, den Ring zurückzunehmen? Hatte man sich beim Zerbrechen einer Ehe gewehrt, sie wie eine Gesellschaft bürgerlichen Rechts abzuwickeln? Hatte vielleicht jemand geglaubt, daß seine Ehe, solange der Ring auf Wanderschaft war, irgendwie fortbestand? Müßte man bei einer Scheidung die Eheringe nicht eigentlich zerschlagen und zerschmelzen?

Er füllte die Münzen wieder in das Glas und legte den Ring hinein, als es halbvoll war. Den Rest der Münzen ließ er aus der hohlen Hand darüber rieseln. Jetzt war der Ring wieder gut begraben.

Es war halb drei. Die Nacht dauerte noch lang. Er ging in das dunkle Wohnzimmer, öffnete alle Fenster und legte sich auf das Sopha. Wirklich erreichte ihn ein linder Hauch. Es gelang ihm, an gar nichts zu denken. Er sah mit offenen Augen ins Dunkel, durch das vereinzelte Autoscheinwerfer wanderten, die Zimmerdecke ins Licht hoben und sie dann wieder zurücksinken ließen. Hans erinnerte sich genau an die Geräusche: das ferne Brausen, die weit entfernte Sirene eines Krankenwagens, die dem Raum Tiefe gab, die Empfindung, unter einer riesigen Glocke zu sein. Und während er da lag und der Vorstellung der Glocke nachhing – das wußte er genau, daß er gerade das getan hatte –, hörte er plötzlich ganz in der Nähe eine ruhige helle Stimme ohne Aufregung und Nachdruck, mit sanfter Bestimmtheit seinen Namen sagen: »Hans. Hans.«

Er richtete sich auf. Es war ihm, als habe er die Stimme nah an seinem Ohr gehört. Eine helle Stimme – von einem Mann? einer Frau? einem Kind? – das wäre nicht zu sagen gewesen, es war diese Bestimmtheit, die im Vordergrund stand. Es war nicht eigentlich ein Ruf gewesen. Vielleicht wollte die Stimme sich nicht unmittelbar an ihn richten, vielleicht war dem Menschen, dem diese Stimme gehörte, nach langem Nachdenken der Name Hans eingefallen, und so sprach er ihn denn aus: »Hans. Hans.«, so war aus ruhigem Überlegen heraus sein Name gesprochen worden. Oder war die Stimme nur Einbildung? Kein Apparat hatte sie aufgezeichnet, und dennoch war sie dagewesen, unbezweifelbar, nah an seinem Ohr. Dies war von außen gekommen, das konnte er genau unterscheiden, dies war nicht ein Gedanke in seinem Kopf oder Herzen, sondern etwas von ihm Unabhängiges.

War Ina erwacht? Hatte sie zu ihm gesprochen? Schlaftrunken war die Stimme nicht gewesen, aber sie kam aus tiefer Ruhe. Gab es hier in der Nähe jemanden, der von einem Hans geträumt hatte und sich im Aufwachen seinen Traum bestätigte? Nur er selbst hatte nicht geträumt. Er stand auf und rührte sich eine Weile nicht. Er ging in den Korridor. War vielleicht unten im Badezimmer der Wittekinds von Hans gesprochen worden? Hatte eine Wärmeböe eine Stimme aus dem Hof oder von der Straße zu ihm hinaufgetragen?

Er steckte den Kopf aus dem Fenster. Tatsächlich, unten im Hinterhof war noch Licht. Der Äthiopier hatte dort eine Art Stehlampe herausgestellt. Es ging auch anderen Leuten wie Hans: an Schlaf war nicht zu denken. Er schlich sich ins Schlafzimmer und zog Hemd und Hose an. Aber noch während er sich anzog und als er dann im hallenden, rumpelnden Treppenhaus hinabstieg, war ihm klar, daß auch dann, wenn sich irgendeine natürliche Erklärung fand für diese Stimme, die »Hans. Hans.« gesagt hatte – und sei es Souad, der mit seinem weittragend hellen, heiseren Organ gerufen hätte, sei es Britta in ihrem Badezimmer, oder Ina, die im Schlaf sprach, das tat sie übrigens gelegentlich, aber murmelnd und unverständlich –, die eigentliche Bedeutung dieses Erlebnisses davon nicht berührt wurde. »Hans. Hans.« Das war eine Anrufung oder eine Ankündigung. Es bedeutete etwas allein auf ihn Bezogenes. Ein Blatt in seinem Lebensbuch wurde umgewendet. Meistens merkte man das erst viel später. Ihm aber war nun vergönnt gewesen, in diesem entscheidenden Augenblick anwesend zu sein.

Im Hof hielt die gewohnte Gesellschaft die Wacht. Barbara trug ein enges Oberteil mit dünnen Trägern. Sie hatte eine ganze Landschaft aus Schlüsselbeinlöchern und Gelenkkugeln, hartem Brustbein und Rippenansätzen freigelegt, die nicht einmal von der Löwenmähne magdalenenmäßig verhüllt werden durfte, denn das Haar war hochgesteckt, sie wollte im Nacken den Nachtwind fühlen. Der Vetter war rosa gekleidet, Polohemd und Jeans in abgestimmtem Ton, aber trotz dieser optimistischen Farbe gewohnt grämlich. Frau Mahmouni saß in einer Haltung im Klappstuhl, als seien ihre Beine von einem

Rudel edler Windspiele umgeben, wie immer in ihrem ein für allemal für sie geschaffenen Seidencomplet, diesmal mit großen violetten Sommerblumen bedruckt, die ihre Gestalt noch zerbrechlicher erscheinen ließen. Es war gewiß nur der späten Stunde zu verdanken, daß alle Telephone ruhten. Auch mit anderen Zeitzonen wollte keiner der Anwesenden gegenwärtig in Verbindung treten. Hans wurde mit gedämpftem Zuspruch begrüßt. Er spitzte die Ohren. Glich eine der Stimmen, die da »Hans« sagten, jener einsamen aus seinem Wohnzimmer? Er kam zu keinem Ergebnis. Das war aber, wie gesagt, auch schon ohne Bedeutung. Souad musterte ihn mit gewohnt nacktem Blick, aber er war gerade in ein anderes wichtiges Geschäft vertieft und wollte sich Hans erst später vornehmen.

»Hören Sie mal zu«, sagte er deshalb, wie häufig im Befehlston, »das ist auch für Sie interessant.« Er hatte noch nicht von dem Versuch abgelassen, sich mit dem Vetter zu verbünden. Falsch war dieser Einfall nicht. Der Vetter war gegenwärtig der wichtigste Mensch in Barbaras Leben. Sie hatte noch niemals in ihrem Leben einen Tag allein zugebracht. Die Scheidung forderte ihr hier ein Äußerstes ab, denn ihr Ehemann ließ sie überwachen und hatte angekündigt, alle Zahlungen einzustellen, wenn sie sich einen neuen Freund nahm. Der Vetter war ihm vertraut, der hatte ihm schon lange auf der Tasche gelegen mit seinen mißglückten Restaurantgründungen, er machte sogar den Verbindungsmann, wenn nach ausgedehntem Zank am Telephon die Verbindung zwischen Mann und Frau für eine Weile abriß. Souad hatte nun schon eine Stunde damit zugebracht, dem Vetter ein marokkanisches Restaurant in der Nähe anzupreisen, das, weil es expandiere, einen Teilhaber benötige. Jetzt war er bei den Frauen angelangt, die dort bedienten. »Eine unschlagbare Mannschaft«, wie er wirklich sagte, ihm vollständig ergeben und auf Abruf für jeden seiner Wünsche bereit. Er selber rühre diese Frauen nicht an – niemals mit einer Marokkanerin, gelte für ihn.

»Ja, Souad ist brav«, sagte Barbara und tätschelte ihm die Knie.

»Aber für dich das Richtige«, sagte Souad, ohne diese Liebkosung zu beachten. »Die erste ist eine etwas herbe, vernünftige, eine nordische – helles Haar, graue Augen – Rif-Kabylin. Aus guter Familie, Vaters Tochter, eine Frau mit Festigkeit und Prinzipien. Schnelle, sachliche Bewegungen. Überhaupt keine Kellnerin, wenn du mich verstehst, keine Dienerin. Sie steht auf der Seite des Gastes, der Gast hat nie das Gefühl, daß ihm etwas verkauft wird, er wird beraten. Sie wirkt immer objektiv. Macht souveräne Unterhaltung, von gleich zu gleich, aber wohlerzogen, diskret. Keine Aggressionen, ein reifes, erwachsenes Mädchen, schöne gewölbte Stirn. Allerdings fromm, etwas plattfüßig ist sie auch, aber schnell. Für das Restaurant unersetzlich.« Die zweite sei eine Kokette, Ironische, sogar etwas Freche, aber auch unterwürfig. Tiefe Schatten unter den Augen, bereits etwas unfrisch – was er, Souad, aber schätze, die ganz und gar frischen Frauen verstünden noch nicht, worum es gehe. Hier stieß er den Vetter in das rosa Hemd, wo er den Brustkorb vermutete, denn der Vetter war klapperdürr, seine Kleider umflatterten ihn. Die Kokette kehre ihre Vertraulichkeiten etwas zu demonstrativ heraus, kichere spitz, schmolle, blinzle anzüglich, stelle alberne Fragen mit falsch unschuldigem Augenaufschlag. Der Teint sei eher dunkel. Eine gute und schnelle Arbeiterin, er rate aber dennoch ab. Die dritte passe in der Größe gut zu dem Vetter, eine Große, Langsame, Tragische. Die Wangen mollig, auch etwas talgig. Vielleicht sei die große Tragische unter ihrer Jellabah nicht ganz so gerade gewachsen, wahrscheinlich x-beinig, wenn er den Gang richtig deute. Die Unterlippe sei dick, an sich ein gutes Zeichen, aber sie habe da immer eine kleine rote Stelle. Ihre Bewegungen seien schön, vornehm, sie sei immer in eine feine Trauer getaucht. Sie arbeite gut, aber sie bediene wie eine Gedemütigte, eine Verschleppte, eigentlich zu Höherem Berufene. Eine Nachdenkliche, Sinnende. Natürlich kreisten die Gedanken dieser Frau nur um die Liebe. Neulich sei aber ihr Fuß entzündet gewesen, heldenhaft hinkend sei sie umhergegangen, ein Insekt habe sie gestochen.

»Ich ahne, was das für ein Insekt war«, sagte Souad und versuchte, den Vetter in ein kennerhaftes Grinsen hineinzuziehen, »ein Floh – also die besser doch nicht, obwohl diese Demutstrauer oft sehr, sehr gut ist.« Die beste sei die vierte, eine Strahlende, Distanzierte. Könne auch singen. Ungeschminkt wirke sie ein wenig teigig und reizlos, aber wenn sie geschminkt sei, mache man Augen. Ohne im strengen Sinn hübsch zu sein, könne sie bildhübsch aussehen, sie tanze gut, werfe ihr langes Haar dann herum wie eine Stute im wilden Galopp. Allerdings eine Unabhängige, sie habe noch andere Beziehungen als die zum Restaurant. Er schätze das nicht so sehr.

»Ich habe gern, wenn die Hühner abends alle im Stall sind«, sagte er, wieder um Einverständnis werbend. »Wohin gehst du?« frage er sie, und sie antworte: »Ich habe frei.« Aber er könne das leicht herauskriegen, wie er ohnehin alles über jeden leicht herauskriegen könne. Wieviel bereits erobertes Gelände mit solchem Eigenlob allerdings wieder verlorenging, würde Souad vielleicht nie erfahren. Noch wohlgemut, wenn auch von seiner großen darstellerischen Leistung erschöpft, fragte er abschließend: »Also welche von den vieren soll ich jetzt für dich kommen lassen?«

Der Vetter wandte sich an Barbara. Seine Stimme klang nach verwöhntem Überdruß. »Wir gehen hier weg, das wird hier nichts, das sagt mir hier nichts«, aber Barbara behandelte ihn genauso wie Souad und rief in amüsierter Verzweiflung: »Ihr zerrt alle an mir herum, und dabei bin ich eine Frau, ich gehe kaputt bei diesem Gezerre.«

Hans betrachtete Frau Mahmouni, die den Unterhaltungen stumm, aber voll Interesse und mit scharfem Blick folgte. Es war, als sitze sie im Kino und sehe einen Film. Plötzlich sagte sie zu Hans: »Zu teuer. Die junge Dame muß aufpassen. Ich bin mit Geschäften groß geworden. Ich habe immer auf den Preis geachtet. Man darf sich nicht zu gut sein, den Preis nachzuprüfen. Aber auch wer nicht geprüft hat, liegt meist richtig, wenn er sagt: zu teuer. Versuchen Sie herunterzugehen.« Sie sah bei diesen Worten so feierlich drohend aus, daß Hans für möglich hielt, sie habe mit dieser Methode Erfolg gehabt. Ein Mensch mit schwachen Nerven mußte sich von diesen Augen bis zum Grund durchschaut fühlen.

Sie erhob sich mit Mühe. Die Füße in Sandalen aus falschem Schlangenleder trugen sie kaum, so verformt waren sie. Es nahte die Frühschicht des Nachtportiers, zu dem der Äthiopier nach Schließung seines Lädchens wurde. Er hatte seiner Herrin ein Zeichen gegeben. Hans war von seinem nächtlichen Verweilen hier unten nicht enttäuscht, obwohl man meinen könnte, daß er nach den gedankenreichen Augenblicken in seiner Wohnzimmereinsamkeit das Schwatzen im Hof als einen Abfall an Spannung empfinden müsse, aber weit gefehlt: Die Vorstellung vom neuen Blatt in der Lebensgeschichte ließ ihn nicht los, und so wollte ihm alles, was er in diesen ersten neuen Stunden erfuhr, saftig grün und frisch erscheinen wie ein Drahtkorb voll von frischgewaschenem, wassertriefendem jungem Kopfsalat. Woher kam denn so lange nach Mitternacht noch dieses Bild in den kahlen Hof geflogen? Richtig, aus Brittas Küche, wo sie mit ihren Lilien-Händen einen solchen Drahtkorb herumgeschwenkt hatte, so daß Hans, der einen Tellerstapel hinaustrug, mit dem Salatwasser fein besprenkelt worden war.

X

Als Hans wieder auf seinem Bett im Dunkeln lag und Ina atmen hörte, die seine Abwesenheit wohl nicht bemerkt hatte, dachte er im Einschlafen noch an diese Runde dort unten im Hof, und sie wollte ihm als ein wahres Hexenkonzil vorkommen. Was brachte diese Leute, die sich doch gar nicht besonders grün waren, nur dazu, immerfort zusammenzusitzen und ohne Unterlaß miteinander beschäftigt zu sein? Ein bißchen Phantasielosigkeit schwang in dieser Frage schon mit. Er hätte sich ebenso fragen können, was Frau von Klein bewegte, Woche für Woche mit Leuten Bridge zu spielen, von denen sie eine Person ganz offen verachtete und zwei so langweilig fand, daß es bereits zum Ärgerlichwerden reichte. Im Hinterhof wurde die Zusammengewürfeltheit des Publikums vielleicht besonders schroff sichtbar, aber war nicht ein großer Teil aller geselligen Zusammenkünfte ganz ähnlich organisiert? Was sich da in Clubs traf, was in den Ausländerkolonien der großen Städte aufeinanderhockte, was in den Theaterkantinen und Kaffeehäusern und an würdigen Kleinstadtstammtischen zusammensaß, das fand sich doch gleichfalls nur mühsam miteinander ab – nur *in toto* wollte man sich ertragen, einen Einzelnen aus diesem Kreis hätte man ungern bei sich gesehen. Wie der Wald mehr ist als die Summe der Bäume, so ist die Gesellschaft auch mehr als die Menschen, die an ihr teilnehmen. Ist sie groß genug, wird sie sogar zum lebenden Wesen mit Seele, die von jener der einzelnen Teilnehmer unabhängig ist; besonders schön erlebt man das bei Konzertpublikum, das im Augenblick des begeisterten Applauses unversehens zusammenschmilzt, während schon kurz danach beim Auseinandergehen der Einzelne gar nicht mehr wahrhaben mag, daß er da eben noch so begeistert gewesen sein soll. Zur Bildung einer solchen Kollektivseele war das Hinterhofkonzil freilich zu klein. Hans erlebte es als feste unerschütterliche Institution, aber das war es nicht. Es war durch die Hitze entstanden und durch das Bedürfnis, nachts noch etwas kühlere Luft zu atmen, und in dieser Gegend gab es keine Gartenlokale, und was da dennoch Stühle herausstellte, schloß um Mitternacht, wenn die Sommernacht noch lange nicht zu Ende war. So plauderte ihn denn das Häuflein dort unten, indem seine einzelnen Mitglieder ihm noch wie groteske Maskenköpfe vor Augen standen, immer weiter hinein in den tiefen Schlaf.

Und je fester er schlief, desto lauter wurde geschwatzt und geschnattert, der Traum gab den Sprechern etwas Entenhaftes. Zunächst war von den Wittekinds die Rede, die sonst auffällig ausgespart wurden. Zwischen den Wittekinds und Souad bestand eine Respektzone. Die Wittekinds taten, als nähmen sie ihn gar nicht richtig wahr – so wie Frau von Klein es unfehlbar gehalten hätte –, aber das rächte sich jetzt. Souad sprach von den Wittekinds mit höhnischem Vergnügen.

»Sie haben auf der Reise ihr Gepäck verloren und saßen tagelang ohne ihre Koffer da«, das rieb er allen Anwesenden regelrecht ein, als liege darin ein Charakterfehler, der sich durch diesen Verlust des Gepäcks nur nach außen hin bestätigte.

»Zufällig ist das nicht passiert«, sagte Frau Mahmouni in jener brennenden Kälte, die sie ihren Einwürfen mitzugeben verstand.

»Nein, das mußte passieren«, sagte Barbara, deren spitze Nase selbst bei diesen Temperaturen etwas grau Verfrorenes hatte.

Hans sah jetzt die Wittekinds durch südliche Straßen gehen, durch staubige Neubauviertel mit zerstörtem Asphalt. Sie waren so frisch und ästhetisch gewandt wie bisher stets, das Frischgewaschene, Frischgebügelte, Frischgestärkte ging von ihnen aus, der heiße Wind blies in Brittas lockiges, schimmerndes Haar, aber während sie voranschritten, in trauriger Langsamkeit, als sei der Verlust des Gepäcks mit einer Ausstoßung aus der menschlichen Gesellschaft verbunden, begannen sie dahinzuwelken. Es war ein Prozeß des Unfrisch- und-schmierig-Werdens, der sonst wohl Tage gedauert hätte, sich jetzt aber während dieser Promenade mit jedem Schritt beschleunigte. Brittas Haar sank zusammen. Beide schwitzten. Brittas Schminke floß davon, ihre Augen waren von zerlaufenen schwarzen Flecken umgeben. Zugleich bildeten sich unter den Armen des Sommerkleides Schweißränder. Wittekinds Anzug war ganz durchweicht, beider Schuhe trugen eine dicke, sandfarbene Staubdecke. Sie wurden älter, während sie da voranzogen, sie hatten klebrige Hände und schwarze Fingernägel. Britta war kaum wiederzuerkennen, oder glich vielmehr ihrem Aussehen auf einem Photo, das sie Hans gezeigt hatte und auf dem der Maskenbildner sie als syphilitische Hure zurechtgeschminkt hatte, für Beckett oder Gorki oder Genet.

War denn die ganze Schönheit der Menschen in ihren Koffern? Was machten denn die Völker Asiens und Afrikas, die über all diese Flaschen und Crèmes und über frischgestärkte Wäsche nicht verfügten und dennoch wunderschön aussahen? Das war das Geheimnis der Zivilisation. Der Mensch hatte offenbar allein die Wahl, sich entweder niemals zu waschen oder, wenn er diese Regel auch nur einmal durchbrach, sich von da ab immer und täglich zu waschen.

Es wurde nun deutlich, wie sehr Wittekinds unter ihrem Zustand litten, wie sehr Wittekind sich schämte, unrasiert und mit schmutzigem Hemdkragen und fleckigem Schlips herumzulaufen. Und zugleich begannen sie, einander voll Abscheu zu mustern. Hans war sich in seiner nächtlichen Vision darüber klar, daß bei Träumen der Geruchssinn unbeteiligt blieb. Da kam in der Realität eben noch etwas hinzu. Er sah, daß die beiden in ihrer Not den andern von sich wegwünschten, als sei der Eindruck eines einzigen heruntergekommenen Menschen leichter erträglich als der eines Paares, und so verhält es sich ohne Zweifel auch, die Traumgestalten waren vernünftig. War es vorstellbar, daß sie nach Wiedererlangung der Koffer, nach kühlen Bädern in einem modernen Flughafenhotel, nach Rasur und Besuch beim Friseur dieses Erlebnis, sich gegenseitig abstoßend geworden zu sein, vollständig wieder vergaßen? Oder blieb da etwas zurück, weil dieser Eindruck so schlimm gewesen war, daß er eigentlich niemals hätte entstehen dürfen? Hans dachte an das Paar, wie es sich bisher präsentiert hatte. Waren da schon Anzeichen einer Bruchstelle sichtbar geworden?

»Natürlich«, sagte Ina laut und hart, verschwand aber sofort wieder aus dem Bild. »Es ist die Frage«, sagte Wittekind, jetzt wieder in vertrauter Weise gepflegt und nicht mehr rotund hohläugig, damit auch verjüngt, der zu der Hinterhofgesellschaft hinzugetreten war, als habe ihn das intensive Sprechen über ihn schließlich herbeirufen müssen, »ist der Mensch einer luftdicht verschlossenen Flasche vergleichbar, bis zum Rand mit seiner Eigensubstanz ausgefüllt, alles immer nur aus sich selbst entwickelnd, jedes Gefühl, jede Emotion, Liebe, Haß und Furcht immer ausschließlich aus der eigenen Substanz bestreitend – oder ist er vielmehr eine leere Flasche, und zwar eine offene, die nichts enthält, was nicht von außen hineingegossen wird: als Erfüllung, als Anfüllung, als Eingebung, als Erleuchtung gar, wenn der Blitz in die Flasche fährt – was glauben Sie? Es gibt diese beiden Schulen: der Mensch ist nichts als er selbst, das ist die eine, die andere: der Mensch ist nur Sammelbecken für alles, was in ihn hineinfließt.«

»Er ist nur Sammelbecken und leere Flasche«, sagte Frau Mahmouni mit Bestimmtheit, »ich kann das beurteilen, denn ich muß nur mich selbst betrachten. Ich habe und hatte niemals an Sex ein Interesse – ich war und bin in dieser Hinsicht ein leeres Gefäß, aber ich bin kein abnormer Mensch, ich bin normal, bin vollkommen gesund und bei Verstand, und das zeigt, daß die Neigung zur physischen Liebe von außen nicht in mich hineingeflossen ist. Die Flasche war leer und blieb leer, hätte aber jederzeit angefüllt werden können. Das fand eben einfach nicht statt; da gibt es nichts zu bedauern, denn die leere Form ist auch in sich schön – man kann in Becken und Flaschen und dergleichen die widerwärtigste Brühe hineinfüllen. Das ist bei mir unterblieben.«

Alle stimmten ihr zu. Sie habe recht. Sei es nicht sogar so, daß beim Küssen die Seele des Küssenden von einem Mund zum andern springe – und das sei schließlich nur möglich, wenn im Innern des Menschen Platz sei, sonst trete durch eine weitere Seele unweigerlich eine innerliche Überfüllung ein.

Hans war, als sei es Souad, der da spreche, ohne daß er ihn sah. Er mußte ihm zustimmen: So war es tatsächlich zwischen Ina und ihm gewesen, da sprangen die Seelen beim Küssen zwischen ihnen hin und her und ließen sich auf den speichelnassen Lippen und der Zunge des anderen einen Augenblick nieder – deswegen, so fiel Hans jetzt ein, hatte diesen wilden Küssereien das Element der Lüsternheit gefehlt, es war kein wollüstiges Genießen dabei gewesen, sondern ein andächtiges, geradezu frommes Den-Anderen-Auffressen.

Das war freilich vorbei. Wann hatte er Ina zum letzten Mal geküßt? Im Schlaf jetzt stellte sich kein Bild davon her. »Der Mensch ist vollkommen hohl und besteht nur aus Hohlräumen«, sagte Barbara lehrhaft, nicht nur die Adern und der Darm und der Bauch und die Lungen seien hohl, sondern letztlich jede Zelle, auch die vermeintlich guten Fleischstücke bestünden nur aus Aneinanderreihungen winziger Hohlräume. Sie sagte das genauso piepsend-triumphierend, wie sie sonst irgendeinen Fund aus der Illustrierten vorlas. Hans erinnerte sich, daß sie diesen Artikel über die menschliche Hohlheit und die vielen Hohlräume tatsächlich einmal vorgelesen hatte, in amüsierter Empörung darüber, daß so gar nichts an ihrem Körper dran sein sollte – als sei es ihr Mann, der diesen Artikel eigens geschrieben habe, um sie zu ärgern.

Und jetzt trat noch ein anderes Bild vor die inneren Augen des Schläfers. Die Gesellschaft verpflanzte sich mit der Mühelosigkeit, wie sie in Träumen üblich ist, in die dunklen Uferanlagen des Mains und befand sich alsbald zwischen dem blinkenden nächtlichen Strom und einem Restaurantpavillon, der mit vielen roten chinesischen Laternen festlich beleuchtet war. Dies Restaurant, so verheißungsvoll und vielversprechend es dalag, war immer leer, so hatte Hans festgestellt, als er die Gegend erkundete, ein leerer, aufwendig beleuchteter kleiner Palast, zumindest in der Nacht sah das so aus, tags war das Gebäude recht hinfällig, da wurde klar, warum niemand dort sitzen wollte. Voller Laternen wurde der ganze Pavillon nachts selbst zur großen Laterne, die von der Gesellschaft ernsthaft betrachtet wurde.

»Das ist der Mensch«, sagte Frau Mahmouni und zeigte auf den menschenleeren Restaurantpavillon, »ein Haus, mit Besen gereinigt und mit Lampen erleuchtet und leer und in Erwartung.« Der Hall dieses Wortes verwandelte sich in eine bequeme Rutschbahn, auf der Hans endlich in tiefere Regionen des Schlafes glitt.

*

Für den nächsten Abend waren sie eingeladen. Der sportliche Kollege im Büro hatte eine Deutsche kennengelernt, die eine über Bett und Badewanne hinausgehende Wohnung ihr Eigen nannte, genau genommen ein großes Haus, und nun hatte sich sogar herausgestellt, daß von dieser Frau Linien zu Frau von Klein führten, über irgendwelche Bekanntschaften hinweg. Frau von Klein erklärte am Telephon diese Einladung für »sehr wichtig« und konferierte mit Ina, was da anzuziehen sei. Man erinnert sich, daß Hans und Ina einig gewesen waren, in Frankfurt kein solches Gesellschaftsleben beginnen zu wollen wie in Hamburg und daß sie sich gegenseitig versichert hatten, wie froh sie doch sein müßten, in Frankfurt niemanden zu kennen. Aber nun zeigte Ina in einem Ernst, der nicht von ihr weichen wollte, daß sie sich auf diese Einladung freute und daß die Kombination der Gastgeber ihr besonders bedeutsam vorkam. Der Sportsmann war mit Hans verbunden, seine Freundin hingegen mit Frau von Klein! Das ließ etwas zusammenfinden, was sonst auseinanderstrebte.

Das Fest sollte am Sonntagabend stattfinden. Hans konnte nach den nächtlichen Aventüren ausschlafen, und das gelang ihm auch. Er schlief in die wachsende Hitze hinein, die dem Schlaf am Tag auf einmal gar nicht hinderlich war. Als er erwachte, war Ina längst aufgestanden und saß angezogen und telephonierend an einem Frühstückstisch, den sie schon wieder abräumte, als ihre Mutter anrief.

Schade, dachte Hans, wußte aber noch nicht, worauf dies Bedauern sich bezog. Im Badezimmer wurde es ihm klar. Er hatte mit Ina im Bett liegen und in der morgendlichen Trödelei allmählich in Zärtlichkeiten hineingeraten wollen, um schließlich spielerisch, geradezu beiläufig, wie sich das bei ihnen entwickelt hatte, mit ihr zu schlafen. Das war eine Stimmung, eine Laune, eine Geneigtheit gewesen, aber jetzt, wo der Augenblick verpaßt war, wurde etwas anderes daraus. Die hinter der Nonchalance versteckte handfeste Lust regte sich, man möchte sagen, mürrisch. Ihr war der Kopf abgeschlagen, nun hockte ihr Rest stumpf und drängend in seinem Körper und schuf dort eine ungute Spannung. Die war sogar in den Händen spürbar, als wäre in die Blutgefäße etwas hineingegossen worden, das sie dick werden ließ. Schlechte Laune, die eigentlich die notwendige Folge dieser körperlichen Verstimmung gewesen wäre, wollte er sich nicht gestatten. Statt dessen faßte er beim Rasieren den ruhigen Entschluß, Ina auf jeden Fall noch vor dem Ausgehen ins Bett zu bekommen. Das war jetzt ein Programmpunkt geworden, so wie er gleichfalls vor dem Ausgehen noch seine Mails beantworten und einen Kleiderhaken im Badezimmer anbringen wollte, worum Ina ihn nun schon tagelang bat.

Nachdem er gefrühstückt hatte, wünschte Ina spazieren zu gehen, ein selten geäußerter Wunsch. Es war Hans einen Augenblick lang, als spüre sie, was sie in der Wohnung über kurz oder lang erwarte. Er hatte recht einsilbig bei seinem Kaffee gesessen. Gut, gingen sie also spazieren.

Auf der Straße empfing sie die nun schon vertraute Ofenhitze. Man werde noch bedauern, wenn es dann irgendwann doch einmal kühler würde, sagte Hans, und Ina stimmte ihm zu, in diesem Punkt war man sich also einmal einig. Sie waren nicht die einzigen, die bei diesem Wetter am Fluß promenieren wollten. Eine leichtbekleidete Menge schob sich die Kais entlang, auf den Rasenflächen lag man ausgezogen. Es war, als habe der von Wittekind geforderte innerstädtische Flußbadebetrieb schon begonnen. Vom Wasser kam keine Erfrischung. Über die Gasse, die der Fluß zwischen die Stadtteile legte, blies es warm. Der Fluß roch nicht schlecht, aber auch nicht gut, wie ein stehender Tümpel voller Mücken, man konnte sich den Geschmack eines Fisches aus diesem Wasser vorstellen. Auf dem Deck eines Hausbootes tranken sie Eiskaffee. Das war wieder ein Ritardando, wie Hans empfand. Es war schon halb fünf, wie die goldenen Zeiger der Dreikönigs-Kirchturmuhr gewissenhaft anzeigten. Hans und Ina betrugen sich wie Leute in einer fremden Stadt, die bis zu einer bestimmten Verabredung die Zeit totschlagen müssen. Die Spannung machte Hans stumm, so sehr er sich auch bemühte, nicht unfreundlich zu sein. Vielleicht wäre es seinem geheimen Wunsch angemessen gewesen, daß er sich um Ina besonders bemüht hätte, daß er versucht hätte, mit ihr zu lachen – was bisher eigentlich immer gelang – oder sie mit verlockenden Reiseplänen zu unterhalten oder ihr zu sagen, daß er sie schön finde, aber dies alles kam überhaupt nicht in Frage. Er fand, daß er nach dieser längeren Entbehrung als langjähriger Freund und neuer Ehemann Ina nun nicht eigens anzuwärmen und in Stimmung zu bringen habe. Er fand, daß sie angesichts ihrer bisherigen Gewohnheiten selber wissen müsse, wie ihm zumute war. Ein Ausdruck wie »eheliche Pflichten« wäre ihm nicht über die Lippen gekommen, aber das Paket von heimlichen Wünschen und Gedanken, das ihm auf der Brust lag und ihm das Sprechen unmöglich machte, hätte sich in dieser juristischen Formel durchaus wiedergefunden.

Zu Hause waren sie um kurz vor sechs, um sieben mußten sie aufbrechen. Zu einem Fest der Liebe war das nicht viel Zeit. Kaum waren sie in der Wohnung, begann Hans Ina stürmisch zu umarmen. Sie ließ das geschehen, ohne weiter darauf einzugehen. Sie verstand, was es geschlagen hatte, aber sie verwies, nicht unfreundlich, darauf, wie spät es sei und daß sie sich ungern in Eile fertigmache. Könnten sie nicht lieber ein bißchen früher aufbrechen dort? Es sei morgen Montag, da brauche man nicht lange bei den Leuten auszuharren. Aber er ließ sich von seinem Vorhaben nicht abbringen. Er fühlte, daß er nicht die Kraft besaß, die Liebe jetzt aufzuschieben, im unveränderten Zustand von heute Nachmittag auf dieses Fest zu gehen, dann doch spät zurückzukommen und müde zu sein. Nein, jetzt. Er drängte sie ins Schlafzimmer. Sie legte sich ohne weiteres Widerstreben aufs Bett und ließ sich von ihm ausziehen. Er stellte fest, daß seine Hände flogen. Er suchte das zu verbergen. Er lag neben ihr, streichelte sie, sie ließ es geschehen, aber rührte sich selber nicht. Sie wartete. Er küßte sie, sie ließ sich küssen, wich ihm nicht aus, aber sah ihn dabei kühl an.

»Viel Zeit haben wir nicht mehr.« Sie sah auf den Wecker, während er ihren nackten Körper streichelte.

»Ich habe ja gesagt, es muß nicht jetzt sein«, sagte sie, nun doch um einen liebevolleren Ton bemüht. Er war ihr sogar dankbar für die kleine Brücke, die sie ihm baute. Obwohl nichts von dem geschehen war, was er sich ersehnt hatte, waren sie zerrauft, ihre Gesichter gerötet, ihre Körper naß von Schweiß. Im Badezimmer vermieden sie sich anzusehen. Auf

Ina wartete ein regelrechtes Arbeitsprogramm, das Haarewaschen, Trocknen mit dem laut sausenden Föhn, das Schminken, das Anziehen – sie war schnell und geübt, aber seine Zeit brauchte das doch. Er war sogar für das verhaßte Föhnsausen dankbar, denn es vertrieb die Stille, die der Ausdruck einer Peinlichkeit war, die alles erfüllte.

Obwohl sie einen Stadtplan besaßen, war es schwer, das Haus ihrer Gastgeber zu finden. Es lag in einem besonders häßlichen neueren Villenviertel am südlichen Rand der Stadt. Hier oben waren die Straßen ausgestorben. Wer hier wohnte, war jetzt in Sommerferien. Frau von Klein hätte in diesen Straßen eine sie beruhigende Fülle von Walmdachbungalows gefunden. Dichte Wäldchen aus Douglasfichten begrenzten die Grundstücke, durch niedrige schmiedeeiserne Gartentörchen, vorbei an mit glänzenden Messingposthörnchen geschmückten Briefkästen ging es auf asymmetrisch verlegten Steinplatten zu den Haustüren, an denen enorme Messingtürklopfer prangten. Schließlich hatten sie das Haus gefunden, Nummer zwölf lag in einer Sackgasse am Ende, für die hiesigen Verhältnisse ein begehrtes Grundstück.

Sie fanden sofort einen Parkplatz. Seltsam, dachte Hans, waren nicht Scharen von Leuten eingeladen? Es war still. Waren sie zu früh? Tatsächlich, etwas zu früh. Sie warteten schweigend fünf Minuten im Auto. Sie stiegen aus und klingelten. Nichts rührte sich. Die Rolläden waren heruntergelassen. Sie öffneten das Gartentörchen und gingen um das Haus herum in den Garten. Dort lag eine kahle Wiese, die großen Fenster waren mit Scherengittern verrammelt. Ina lauschte.

»Ich höre Stimmen.« Auch Hans legte sein Ohr auf die Scheibe. Tatsächlich, das waren Stimmen, dazu gedämpfte Musik.

»Das ist ein Fernseher«, sagte er nach einer Weile. Wasser plätscherte im Nachbargarten. Hans sah durch die Zweige der Douglasfichte einen älteren Mann im Unterhemd mit einem Wasserschlauch. Das Fest habe gestern abend stattgefunden, sagte der Mann, es sei schrecklich laut gewesen, am liebsten hätte er die Polizei geholt. Er war immer noch zornig.

»Wenn Ihnen niemand öffnet, ist das wohl ein Zeichen, daß niemand zu Hause ist«, sagte er mit zänkischer Logik.

Solche Dinge kommen vor und sind eigentlich der Rede nicht wert, aber an diesem Abend hätte dieser Fehlschlag dann doch nicht passieren dürfen. Ina hatte sich Mühe gegeben und sah so elegant aus, wie es zu ihrer Mädchenhaftigkeit eigentlich gar nicht paßte, sie wirkte älter. Die beiden hatten in ihrem Feststaat wirklich etwas von Kindern, die Besuchen spielen und sich verkleidet haben. Verrammelt und zugeschlossen stand das Haus vor dem allmählich grau werdenden Himmel. Als Ina verstanden hatte, daß das Fest seit vierundzwanzig Stunden vorbei und nichts daran zu ändern war, verlor sie die Fassung. Sie drehte Hans schroff den Rücken zu und ging langsam allein die Straße hinunter, um ihre Entgeisterung zu überwinden. Sie fühlte, daß sie ihn jetzt am liebsten angeschrien hätte. Was war das? Welch ein Zorn brach sich hier die Bahn? Ein Zorn, der stärker war als sie, das fühlte sie genau. Es gelang ihr sogar, sich in diesem Zustand zu beobachten.

»Das ist unangemessen«, hörte sie Frau von Klein sagen, »du übertreibst.« In ihrer Kindheit war das der strengstmögliche Tadel gewesen. Er fuhr ihr noch heute in die Glieder. Das Auto rollte an sie heran, Hans öffnete von innen ihre Tür, sie stieg ein. Schweigend fuhren sie zum Baseler Platz. Und nun mußte es auch noch geschehen, daß man den Wittekinds auf der Treppe begegnete. Ina hatte sich jedoch wieder in der

Gewalt und garnierte Hans' launigen Bericht vom Fest am falschen Tag mit einem verbindlichen Lächeln. Britta Lilien lud das Paar ein, auf diesen Schreck noch ein Glas zusammen zu trinken, aber Ina erklärte, im Grunde glücklich zu sein, daß der Abend ausfalle, sie habe sich ohnehin nicht gutgefühlt. Daß Hans die Einladung hingegen ohne weiteres annahm, war ihm nicht zu verdenken, denn an einer Fortsetzung der Zweisamkeit war ihm jetzt nicht gelegen.

XI

Hätte Hans die Einladung zu den Wittekinds auf ein letztes Glas angenommen, wenn klar gewesen wäre, wie dieser Abend sich entwickeln würde? Oder nahm er sie an, weil er längst ahnte, was hier in der Büchse der Zukunft für ihn verborgen war, und weil er darauf wartete, daß es herauskomme? Oder bewegte er sich auf einer Schiene und mußte einfach in die Richtung gleiten, die sie nahm, nachdem er sich einmal daraufgesetzt hatte?

Seidig glänzte Inas Haar in der funzeligen Treppenhausbeleuchtung, als sie die Stufen hinaufstieg, ohne sich umzudrehen. Sie war auch von hinten schön, vor allem waren dann die Kniekehlen sichtbar, die einen so frischen und zarten Einschnitt im kindlichen Fleisch bildeten, daß man bei ihrem bloßen Anblick glaubte, man könne ihren milchigen Duft riechen. Dann hörte Hans die Wohnungstür ins Schloß fallen.

Britta wollte keinen Wein, sie wollte sich etwas Stärkeres mit Eiswürfeln mischen und brachte eine große Flasche Gin aus dem Eisschrank herbei.

»Das ist ein Wundereisschrank«, sagte Wittekind, »wann immer man ihn öffnet, liegt dort eine große Flasche Gin.« Sie habe gegenwärtig ihre Gin-Phase, erklärte Britta, sie übertreibe das eine Weile, und dann sage Elmar, wenn es zu toll komme, »Schluß«, und bis jetzt habe sie sich daran auch gehalten. War es der quälende Tag? War es, daß die Last, die Ina während der letzten Stunden auf ihn gehäuft hatte, jetzt von Hans abfiel und die Erleichterung ihm die Stimmung in diesem Bücherzimmer mit den vielen Kerzen und diesen gelassenen, freundlich-spöttischen Menschen derart dankbar einatmen und genießen ließ? Es fiel ihm schwer zu entscheiden, wer von den beiden der amüsantere Mensch war. Elmar Wittekind ließ sich jedenfalls, wie es schien, zu seinem eigenen Vergnügen, vom Sockel seiner fünfzehnjährigen Überlegenheit auf das Niveau von Hans und Britta herab und brachte für seine Zuhörer unablässig »verrückte Bemerkungen« hervor – so nannte Hans sie bei sich, indem er unwillkürlich in die Sprache seiner Eltern verfiel, die alles, was sie nicht zu beurteilen wagten, als »verrückt« bezeichneten. Ihm fiel jetzt ein, daß Ina es unterlassen hatte, ihm die Schuld an dem verpatzten Abend zuzuweisen, obwohl sie das mit einem gewissen Recht hätte tun können: Er war es schließlich, der mit seinem ökonomischen Sportsfreund zuletzt gesprochen hatte, während Frau von Klein, die, wie man weiß, über das Fest in ihrer nordischen Ferne unterrichtet war, am Telephon mehrfach ausdrücklich auf den Samstagabend zurückkam, ohne daß Ina aufgehorcht hätte. Sie vertraute ihm eben. War es ein Zeichen ihres guten Charakters, bei solchen Unfällen nicht gleich einen Schuldigen auszurufen, der natürlich niemals man selber war, oder war dieser Verzicht auf eine Anklage womöglich Zeichen für Schlimmeres? Sollte das Schweigen gar heißen, daß sie dieses Versagen als Beweis dafür nahm, ihnen werde zusammen womöglich gar nichts mehr gelingen? Unheilvoll genug war dies Schweigen, und gerecht wurde es dem ärgerlichen Anlaß nicht. Hans sagte sich mit Blick auf Elmar Wittekind, daß sein sportlicher Kamerad aus dem Büro hier wohl keine gute Figur abgeben würde, wenn er auch mehr Muskeln als der Hausherr haben mochte. Es sprach plötzlich auch gegen ihn, daß er sich mit einer Frau aus der Sphäre der Frau von Klein verbandelt hatte. Bei ihm selbst war das etwas anderes. Als Schwiegersohn mochte man ihn gleichfalls Frau von Klein zurechnen, aber er hatte Ina aus dem Haus ihrer Mutter heraus geraubt und gerettet. Hatte er sie denn wirklich gerettet?

»Wir müssen in unseren überregulierten Biographien für jeden Einbruch in die geplanten Abläufe dankbar sein«, sagte Wittekind, der den Gin Britta und Hans überließ und Wein trank. »Erwartungsvoll zu einem Fest gehen und das Haus dann verlassen vorfinden – das gehört zu den letzten poetischen Geschenken, die das Leben uns macht. Das nenne ich ein Erlebnis.« Zu Britta habe er gesagt, als das Gepäck in Rom verlorengegangen war: »Es gibt keine Abenteuer mehr; es gibt nur noch den Fahrplan – aber der Fahrplan ist das Abenteuer.« Das Abenteuer habe dann vor allem darin bestanden, ihm einen Anzug zu kaufen, der ihm nicht paßte, der in der kurzen Zeit aber auch nicht passend gemacht werden konnte, sagte Britta, Elmar habe plötzlich viel kleiner und langarmiger ausgesehen.

»Das Groteske gehört zum Schaden immer dazu«, antwortete Wittekind ungerührt. So sah ein Lebenskünstler aus, dachte Hans, diesem Mann konnte auf Erden wohl nichts zustoßen. Sie hörten Musik. Wittekind und Britta hatten beide ihre Plattensammlungen mit italienischen Opern, von Berühmtheiten aus den dreißiger Jahren gesungen, Tangos aus Argentinien, deren Verse Wittekind ihm übersetzte, arabischer Musik und dem wilden Gefiedel rumänischer und irischer Zigeuner, und sie befragten ihn nach jedem Stück, als sei er ein Fachmann, und nahmen seine zaghaften, dann vom Gin befeuerten dreisten Kommentare überaus ernst und spannen sie weiter, so daß er bald gar nicht mehr verstand, was er soeben selber ausgesprochen hatte.

»Sie finden mich vermutlich ziemlich dumm und ungebildet«, glaubte er einmal sagen zu müssen, obwohl er eigentlich wußte, daß man sich solche Bemerkungen besser sparte: Entweder ist die wahrheitsgemäße Antwort darauf: Ja, oder es handelt sich um Koketterie auf der Ebene einer Barbara. Die durfte solche Formeln natürlich gebrauchen und tat es auch reichlich. Aber Elmar Wittekind kam ihm zuvor. Zum Glück sei er kein Intellektueller! Das hätten sie sich beide schon wiederholt gesagt, keiner dieser leblosen Schlauköpfe, sondern unblasiert, neugierig – »deshalb lieben wir Sie ja so«.

Ein wenig später verschwand auch das Sie. Mit Wein und Gin wurde auf das gemeinschaftliche Du getrunken. Wie erfrischend und befreiend war dieser Abend. Daß es hier im eigenen Haus nur einen Stock unter der eigenen Wohnung soviel anregender war, als es auf dem Fest des Sportsmannes hätte sein können, war ein unverhofftes Geschenk. Die Wolken, die sich über Hans zusammengezogen hatten, lösten sich auf. Er mußte sich bekennen, daß er mit Ina zu einer Art Zwillingswesen verwachsen war, anderes wäre ihm auch nicht wünschenswert erschienen, ganz selbstverständlich sagte er immer »wir« und nie »ich«. Aber jetzt war er wieder ein Einzelwesen geworden.

Britta war heute wieder die Schweigende, Zuhörende, Lauschende – hatte der Redestrom, der Ina so mißfiel, am Ende wirklich nur der anderen Frau gegolten? Eine Lilien besaß jedenfalls auch andere Möglichkeiten sich auszudrücken als die Sprache.

»Könnte es sein, daß ich ihr gefalle?« dachte Hans, als sie trotz vielem Gin leichtfüßig aufstand, um etwas zu essen zu holen, und beim Hinausgehen sanft mit den kühlen Fingerspitzen seinen Nacken streifte.

Wenn Hans früher einmal solch eine Flasche Schnaps mit einem Freund oder soldatischen Kameraden geleert hatte, blieben die Folgen nicht aus. Man lallte und schwankte und kam auf ungewöhnliche Gedanken, um das Mindeste zu sagen. Auch das war heute anders. Alkohol mit solchen Leuten zusammen genossen, befeuerte das Gespräch und wurde in der Angeregtheit absorbiert. Die große Ginflasche war wirklich beinahe leer, aber keiner von ihnen war betrunken. Aufgebrochen werden mußte dennoch. Die leere Flasche stand da wie eine besondere Art von Uhr, die anzeigte, der Abend sei nun beendet. Aller Augen leuchteten animiert, als er sich verabschiedete. Jetzt wurde Britta auf die Wange geküßt, die Wange war fest, zart und kühl wie ein neues Stück Seife.

Der Szenenwechsel im Treppenhaus hätte harscher nicht ausfallen können. Innen weiches Kerzenlicht, blitzende Augen, Lachen und Freundschaftlichkeit, und hier draußen war es kahl und unbequem. Und das Hocken auf einer harten Treppenstufe, das würde er nun ein paar Stunden auskosten dürfen, denn er hatte den Wohnungsschlüssel Ina gegeben und kam nicht in die Wohnung. Er klingelte Sturm und nichts rührte sich. Hans wußte warum. Ina tat sich neuerdings rosa Wachsstopfen in ihre kleinen Ohren, ein Hochzeitsgeschenk ihrer Mutter, die ihr erklärt hatte, neben einem Ehemann könne man es auf Dauer nur mit solchem Wachs in den Gehörgängen aushalten. Hans sah in diesen Wachsstopfen einen Rückzug von ihm, Ina zog die Zugbrücke hinauf und isolierte sich, war unansprechbar und tauchte, wenn er sie schließlich an der Schulter berührte, aus ozeanischen Tiefen auf, wo sie sich glücklich und allein aufgehalten hatte. Das Telephon hörte sie, derart sicher verschanzt, ebenfalls nicht. Sie hatte es aber darüberhinaus auch abgeschaltet, damit nur ja nichts eindringe in ihren Schlaf. So war der Erfolg ungewiß, wenn er an die Wohnungstür mit der hohen Milchglasscheibe trommelte. Es konnte gut sein, daß jeder im Haus von dem Höllenlärm erwachte, nur Ina nicht. Was macht der Weltmann in solcher Lage? Er holt den Schlüsseldienst oder nimmt ein Hotelzimmer. Der Äthiopier würde ihm in seiner Amtsgewalt als Nachtportier im »Habsburger Hof« gewiß ein Bett geben.

Der Minutenbrenner trug seinen Namen zu Recht, nach zwei Minuten ging das Licht im Treppenhaus immer wieder aus, dann drückte er auf den Knopf und es ward hell. Britta war unten noch räumend auf und ab gegangen, sie bemerkte durch die Glasscheibe ihrer Wohnungstür, daß es im Treppenhaus nicht dunkel wurde. Einen Spalt öffnete sie die Tür und sagte mit halblauter Stimme, fragend: »Hans?«

Er kam die Treppe heruntergeschlichen. Britta sprach weiter gedämpft, denn Elmar sei schon eingeschlafen. Sie war gelassen und sicher, ihre Anordnungen duldeten keinen Widerspruch. Ihr Bett sei breit, er strecke sich da jetzt neben ihnen aus, das sei das Einfachste. Sie trug schon ein Nachthemd, etwas grünlich Seidenbesticktes aus Arabien, ihr Haar war offen. Sie löschte überall das Licht und ging ihm ins Schlafzimmer voran. Viel Mond war nicht mehr da, aber die Sichel stand stechend weiß am Himmel und schien in das dämmernde Zimmer, in dem Wittekinds ruhige Atemzüge zu hören waren. Das Bett war wirklich sehr breit. Britta kniete sich ans Fußende und ließ sich auf die Mitte nieder, Hans zog Jacke, Hemd, Hose und Schuhe aus und legte sich neben sie, in großer Behutsamkeit und dem Bestreben, sie nicht zu berühren. Den linken Arm ließ er auf den Boden hängen, so weit war er an den Bettrand gerückt. Er sah ins Dunkle, lag still wie die Statue auf einem Katafalk und roch den reinen Zahnpasta-Atem Brittas. Er war nicht sicher, ob es ihm gelingen würde einzuschlafen. Der Arm, der aus dem Bett heraushing, schmerzte schon.

Dann fühlte er, wie Brittas Körper sich ihm näherte und sich an ihn schmiegte, und es war ihm, als sei jedes Fleckchen seiner Haut, das mit ihrem Körper in Berührung kam, mit festen, zarten Fäden darangebunden. Die Körper wuchsen aneinander. Er antwortete auf ihre Bewegung und tastete nach ihr, und alles, was seine Hand berührte, hob sich ihm entgegen. Dennoch wagte er nicht, sich ganz zu ihr herumzudrehen und sie ganz und gar zu umarmen, bis Britta ihm ins Ohr flüsterte – alle Nackenhaare stellten sich ihm auf bei diesem Hauch: »Es stört ihn nicht, er möchte, daß ich glücklich bin. Er hat nichts dagegen. Bei dir schon gar nicht, wir haben darüber gesprochen.« Hielt sie den Atem an, als sie ihn küßte? Weiterschlafen sollte Wittekind offenbar dann doch. So verborgen, mit so wenig äußerer Bewegung und Aktion, so schnell und erfahren wurde die Liebe vielleicht nicht einmal in einem von der ganzen Sippe bewohnten Mongolenzelt gemacht. Doch als Hans später noch einmal erwachte und den Kopf wandte – einen langen Augenblick wußte er nicht, wo er war, schon zuckte seine Hand nach einem Lichtschalter –, da sah er Wittekinds Silhouette im Bett auf den Ellenbogen aufgestützt, ganz schwarz war das Gesicht, aber ein Lichtstrahl von draußen streifte seine großen vorstehenden Augen und setzte ein kaltes schwefliges Glimmen hinein, bevor alles wieder im Dunkel versank. Hans schloß die Augen sofort. Die alte Kinderüberzeugung kam zu ihrem Recht: Was ich nicht sehe, das sieht auch mich nicht.

Wie werden solche Affären abgewickelt? Entweder es kommt zu großen Katastrophen, oder der Weg zurück in den Alltag ist verdächtig bequem gebahnt. Man erinnert sich, daß Hans manchmal genau dann aufzuwachen vermochte, wann es erforderlich war, und hatte er noch so kurz davor geschlafen. Ohne groß nachzudenken, raffte er seine Kleider zusammen und schlich sich aus der Wohnung. Vor der eigenen zog er sich an. Alsbald saß er im Morgengrauen wieder im Smoking da, als hätte er die ganze Nacht getanzt. Und nach einer Weile – eine halbe Stunde mochte er da schon gehockt haben, lange genug, um glaubwürdig zu hocken auf jeden Fall – versuchte er noch einmal, ohne größere Hoffnung, eine Klingelattacke. Diesmal wurde ihm aufgetan.

Ina war, nachdem sie sich so früh ins Bett gelegt hatte, auch früh erwacht und hatte zu ihrer Beunruhigung soeben festgestellt, daß sie allein im Bett sei. Im Wohnzimmer auf dem Sopha war auch kein Hans. Da klingelte es. Der Arme hatte auf der Treppe übernachtet. Hans tat nichts, um ihren Irrtum zu berichtigen, solange der mit Bedauern und Schuldgefühlen verbunden war. Er sah so verwüstet aus, wie es der Nacht, die er hinter sich hatte, entsprach. Am schlimmsten hatte wahrscheinlich doch der Gin gewirkt. Ina sah ihren zerstörten Mann, und eine Rührung wie in früheren Tagen kam in ihr auf. Sie ging in die Küche und kochte Kaffee. Derweil verschwand er im Badezimmer. Unter der Dusche fühlte er sich gerettet. Er hatte geglaubt, Brittas Geruch, diesen sehr zarten, aber für sie bezeichnenden Geruch nach etwas mild Meersalzigem, vermischt mit Banane, noch an sich zu tragen, und das tat er wahrscheinlich auch. Unter dem kalten Wasser wurde das Kleid der Nacht nun abgewaschen. Es war wie eine Taufe, die alle Klebrigkeit der Vergangenheit auflöste und wegspülte.

Der gewaschene Mensch war der gute Mensch. So mußte einem betrunkenen Landstreicher zumute sein, wenn er ohnmächtig aus dem Rinnstein gesammelt und ins Krankenhaus gebracht wurde und dort in einem sauberen Bett und gewaschen erwachte.

In das Hochgefühl der moralischen Wiederherstellung fuhr aber ein gewaltiger Schreck, als die Wasserstrahlen über seine schaumigen Hände rannen und die Haut unter den Schaumpolstern wieder hervorkam. Wohlgeformte Hände hatte Hans. Bei ihrem Anblick hätte er nicht zu erschrecken brauchen. Alle Finger waren da, die Hände waren heil und schön. Und sie waren so nackt wie der Mann, zu dem sie gehörten.

Der Ehering war weg. Hans trug den Ehering immer noch ungern. So schmal der rotgoldene klassische Reif war, er belästigte ihn. Ihm war, als sitze eine dicke Fliege auf der Hand, und er spielte mit dem nicht sehr festsitzenden Ring gern herum, um den kleinen störenden Druck an immer derselben Stelle vergessen zu machen. Aber ablegen tat er ihn nicht mehr. Vor der Hochzeit hatten sie eine kleine Debatte über Ringe. Er wollte Ina einen schönen, wertvollen alten Ring schenken, und das sollte es dann sein. Sie sollte diesen Ring tragen – der mit seinem großen Stein natürlich keine Ähnlichkeit mit einem Ehering haben würde –, und seine eigenen Hände blieben frei. Den bewußten Ring wollte Ina gern annehmen, in der Frage der Eheringe ließ sie aber nicht mit sich handeln. Er komme sich mit dem Ring wie eine auf der Vogelkoje in Sylt beringte Wildgans vor, sagte Hans, aber Ina entgegnete, genau das sei er ja auch, das sei eben auch der Zweck der gesamten Hochzeitszeremonie: Beringung, und das heiße eben wie bei den Wildgänsen auch Überwachung. Sie ging nicht soweit, von einer – auf andere Frauen jedenfalls – enterotisierenden Wirkung von Eheringen zu sprechen, aber es war klar, daß sie etwas Ähnliches meinte.

»Du trägst einen Ehering«, sagte Ina, und also tat er das, bis heute morgen jedenfalls.

Wo war der Ring? Das war die eine drängende Frage. Wann würde Ina sein Fehlen bemerken? Das war die andere, noch drängendere. Er konnte es mit einer harmlosen Lüge versuchen, was die Franzosen mit ihrer Neigung, eine Fachterminologie für heikle Lebenssituationen zu entwickeln, »un mensonge blanc« nannten. Der Ring konnte ihm unversehens vom Finger geglitten sein, so verloren doch die Frauen beständig ihre Ringe. Frau von Klein vermißte regelmäßig irgendwelches Geschmeide und verbrachte viel Zeit mit Versicherungskorrespondenz, dabei durchaus nicht nur zu »mensonges blancs« ihre Zuflucht nehmend. Aber Eheringe verlor man auf diese Weise keinesfalls. Und er mußte für möglich, ja für hoch wahrscheinlich halten, den Ring in einer Situation verloren zu haben, in der dieser Verlust ein böses Zeichen war.

Ina trug das Tablett mit Kaffee und kleinem Frühstück ins Wohnzimmer. Sie wollte es ihm offenbar schönmachen und ihn nicht vor dem Eisschrank ein Brot herunterschlingen lassen. Sie öffnete die Fenster, das feine Quietschen drang bis zu ihm. Wie an einer Schnur gezogen, ging er aus dem Bad in die Küche. Dort stand das Glas mit Siegers schmutzigen Reisepfennigen. Er rührte mit den Fingern darin herum, es blitzte rotgolden. Der Ring paßte ganz gut, er war vielleicht etwas weniger weit als der verlorene. Obwohl er noch nackt war, hatte Hans das Gefühl, nun vollständig und geradezu korrekt angezogen zu sein, er wäre in diesem Augenblick so wie er war sogar vor die Tür gegangen.

Das Naheliegende wäre gewesen, sowie er sich im Büro ungestört wußte, Britta anzurufen und nach dem Ring zu fragen. Kam ihm eine der vielen Devisen Wittekinds in den Sinn, mit denen der Ältere den jungen Mann gestern abend so glänzend unterhalten hatte? »Man muß sich daran gewöhnen, in allen Lebenslagen niemals erwartungsgemäß zu handeln. Man frage sich stets: Was wäre jetzt das Naheliegende? Und tue dann das Gegenteil.« Aber nach solchen Späßen, die er eben noch so vorbehaltlos bewundert hatte, war ihm jetzt nicht zumute. Er fühlte eine Scheu, mit Britta zu sprechen, und schon gar über seinen Ehering. Der Ehering ging sie nichts an. Er wußte überhaupt nicht, wie an das gestrige oder vielmehr frühmorgendliche Ereignis anzuknüpfen wäre. Er wußte nicht, wie man sich in solchen Fällen verhielt, als gebe es auch hierfür Regeln im Sinne der bewußten französischen Terminologie. Er gab sich zu, die Umarmung mit Britta seit Tagen schon mit jeder Faser ersehnt zu haben. Er sah sich nun gar nicht mehr durch Verkettung wunderlicher Zufälle in diese Arme hineingeraten, sondern auf so geradem Wege, als habe er das bewußt angesteuert und sei wohl gar der eigentlich Handelnde gewesen. Hans liebte es, Verantwortung zu übernehmen – wer diesen Zug an ihm erkannte, konnte sich das vielfältig zunutze machen. Es handelte sich um eine Art Größenwahn aus gutem Charakter. Was aber sollte jetzt geschehen? Wie sollte es weitergehen? Wie würde man sich begegnen? Wie würde er Wittekind in die Augen sehen? Dabei fiel ihm ein, daß er ihm in dieser Nacht bereits in die Augen gesehen hatte, und ihn schauderte. Gab es denn keine Möglichkeit auf Erden, das Geschehene ungeschehen zu machen, es nur für einen Traum in schwerer Betrunkenheit gelten zu lassen? Mußte denn alles, was sich einem in Hirn und Adern bewegte, ans Licht, und sei es nur an das Kerzenlicht einer stimmungsvoll erleuchteten

Wohnung, und dort zu einem unumstößlichen, vom Willen nicht mehr zu beeinflussenden Faktum werden? Mußte man sein ganzes Leben mit der Last einer solchen Entgleisung herumlaufen, die sich schon jetzt in der Erinnerung etwas undeutlicher darstellte – manche Nebenumstände davon jedenfalls, denn während die meisten Menschen sich ihrer gehabten Lust gegenüber höchst treulos verhalten, steckte sie Hans tief in den Knochen. Die Hohlräume, aus denen der Mensch bestand – wer hatte das doch gleich vorgetragen und behauptet? – waren bei ihm bis zu angstvollem Platzen gefüllt.

*

Sich bei dem festefeiernden Sportsmann für das unentschuldigte Ausbleiben zu entschuldigen, war noch die kleinste Unannehmlichkeit dieses Tages, obwohl der enttäuschte Gastgeber nicht-sportliche Ereignisse auch nicht sportlich nahm und Hans die Entschuldigung einigermaßen schwer machte. Aber was war das verglichen mit dem, was ihn abends zu Hause erwartete! Ina saß brütend im Wohnzimmer, wo noch das Kaffeegeschirr vom Vormittag stand, und rührte sich nicht, als er sie begrüßte. Eine böse, ja die böseste Ahnung befiel ihn. Sie hatte mit jemandem gesprochen. Sie hatte Wittekind auf der Treppe getroffen. Sie hatte es erfahren.

Nein, nichts von alledem. Etwas ungreifbar Schlimmeres war geschehen. Als er ihren Kopf zu sich hob, um sie zu zwingen, ihn anzusehen, drehte sie ihn zunächst weg, brach dann aber in ein heftiges Weinen aus. Da öffneten sich die sprichwörtlichen Schleusen. Das Weinen ergriff, wie bei kleinen Kindern, den ganzen Körper. Sie ließ sich von gutem, sanftem Zureden nicht trösten. Als sie sich etwas beruhigt hatte, sagte sie, und in ihrer Stimme kündigte sich ein erneuerter Erregungsschub an: »Ich werde in dieser Wohnung verrückt. Es hat schon so schlimm mit der Taube angefangen, die sich hier zu Tode geflattert hat, und nun geht es immer weiter.« Was gehe weiter?

Es komme eben gar nichts mehr ins Lot, es stimme einfach überhaupt nichts mehr. Hans war darauf gefaßt, daß sie eine grimmige Anklage gegen ihn vorbereitete, aber wieder blieb er verschont – wenn er sich denn in dieser Aufregung als verschont betrachten wollte. Sie könne ihren Augen nicht mehr trauen, sagte Ina. Sie habe, nachdem er gegangen sei, auf die Straße geblickt, zur Seite von Souads Autowaschanlage, und da sei die Autowaschanlage plötzlich einfach nicht mehr da gewesen – weg –, als habe es sie nie gegeben. Lange habe sie da hinuntergestarrt. Die Lücke, die die Autowaschanlage hinterlassen haben mußte – sie hatte allein schon ein riesiges Garagentor –, sei restlos ausgefüllt gewesen, kein Mensch habe ahnen können, daß hier einmal diese elende Waschanlage gewesen sei. Und nachdem sie sich die Augen gerieben habe und vom Fenster zurückgetreten sei und sich beruhigt und gesammelt habe, sei sie schließlich wieder ans Fenster gegangen und habe hinausgesehen – und da sei die Waschanlage wieder da gewesen – geräuschlos wieder aufgetaucht, habe Steine und Türen und Fenster beiseite geschoben und befinde sich nun wieder an der alten Stelle. Er könne dazu sagen, was er wolle, alles – nur eines nicht: daß sie nicht gesehen hätte, was sie gesehen habe. Diese Worte sagte sie mit vorauseilender Härte, als müsse sie sich schon bei dem bloß Zuhörenden gegen die Zumutung des Unglaubens wehren.

XII

Zwischen Beunruhigung und Erleichterung schwankte Hans, aber die Erleichterung war zunächst stärker. Daß Ina ihm keine Vorwürfe machte, daß sie keine Rechenschaft für die letzte Nacht forderte, ließ ihn aufatmen, und aus einer gerade überwundenen furchtsamen Reue wurde fürsorgliche, anteilnehmende Überlegenheit, in die sich auch ein kleines wohlverborgenes Lächeln mischte, wenn Ina nicht hinsah, und sie mied seinen Blick, das war in den wechselnden Stimmungen der letzten Tage zu einer Konstante geworden. Betont ruhig stellte er Fragen. Wo habe sie gestanden? In welchem Winkel habe sie aus dem Fenster gesehen? Er führte sie an das rechte äußere Fenster, das auf eine ähnliche Häuserzeile wie das linke blickte, auch Buntsandsteinhäuser standen hier vereinzelt, dazwischen die armen Wiederaufbau-Fassaden, durchaus mit dem Bild aus dem anderen Fenster vergleichbar, aber eben ohne Souads Waschanlage. Konnte es sein, daß sie zunächst aus dem einen, dann aus dem anderen Fenster geguckt hatte? Er selbst tue sich immer noch schwer damit, rechts und links auseinanderzuhalten; dieses scherzhafte Eingeständnis einer kleinen Schwäche erntete einen blitzenden Verachtungsblick. Hans suchte daraufhin einen anderen Zugang zu ihr. Im Grunde entspreche ihr Erlebnis seinen eigenen Empfindungen und wahrscheinlich denen vieler Menschen, ohne daß jemals darüber gesprochen werde. Sei es nicht eigentlich ein Wunder, was man erlebe, wenn man ein dunkles, aber wohlvertrautes

Zimmer betrete und das Licht anmache? Sei es nicht jedes Mal eine geheime Überraschung, daß da alles so dastehe, wie man es im Gedächtnis behalten habe? Er selbst habe als Kind lange geglaubt, die Sachen tauschten in der Dunkelheit die Plätze und rasten, noch während man auf den Schalter drückte, zu ihrem alten Standort zurück, wo sie gleichsam atemlos stramm standen, wenn es hell wurde – aber wer genau hinsah, konnte Sessel und Kommoden noch nach Luft ringen sehen. Die Möbel machten aus der Betätigung ihrer verborgenen Selbständigkeit eine militärische Übung.

»Was willst du damit sagen?« fragte Ina, und deutliche Ablehnung lag in ihrer Stimme. Er sei davon überzeugt, daß diese kindliche Vorstellung eine Realität berühre, man könne sich so etwas schließlich nicht ausdenken. Diese Realität sei die Erfahrung, daß die Gegenstände sich unsichtbar machen könnten – ob sie nun den Betrachter blendeten oder ob sie sich tatsächlich selbst unsichtbar machten – Erfahrungen des täglichen Lebens eines jeden Menschen, die allerdings einen tiefen Schacht hinab in die wahre Natur der Dingwelt gruben. Oder hätte sie noch nie erlebt, daß sie Schlüssel und Brieftasche verzweifelt in allen Winkeln suchte, während das Zeug die ganze Zeit vor ihrer Nase lag? Man müsse auch bedenken, daß der Mensch nur sehen könne, worauf er geistig eingestellt sei. Die Südseeforscher berichteten von einer abgelegenen Insel, deren Bewohner noch nie einen Ozeandampfer gesehen hatten, und die ihn folglich auch nicht sahen, als er in ihrer Bucht schwamm – er war gleichsam zu groß, um gesehen zu werden. Ein verwandtes Phänomen hatte sich womöglich heute auch bei ihr zugetragen: Sie sei nicht disponiert gewesen, Souads Waschanlage zu sehen – was er verstehe, denn Souad sei wirklich ein schmieriger Patron –, und so habe sie

sie so lange nicht gesehen, bis sich die Wirklichkeit gegenüber ihrer seelischen Abneigung wieder durchsetzte.

»Ich finde Souad bei weitem nicht so unangenehm wie die Wittekinds«, sagte Ina, »und ich finde, daß du wie Wittekind sprichst, du ahmst ihn schon nach, und ich versichere dir, das paßt nicht zu dir.« Im Grunde sei hinter seinen an den Haaren herbeigezogenen Überlegungen und Abschweifungen, die allesamt ihr Erlebnis nicht wirklich beträfen, nur eines herauszuhören: Daß er ihr nicht glaube. Aber so mürrisch und ablehnend auch klang, was sie sagte, sie hatte sich doch beruhigt. Das haltlose Schluchzen, das ihre Miene in die einer fremden Frau verwandelte – und keiner hübschen –, lag nun weit hinter ihr, etwas Fremdes, an das sie sich kaum erinnerte.

Hans schlug vor, sie in ein Restaurant zu führen. Außer Butter, Honig und Brot wäre auch nicht viel im Haus gewesen. In dem polternden Treppenhaus dämpfte er seine Schritte, bis sie an der Wittekind-Wohnung vorübergekommen waren. Wir sind ja regelrecht belagert, dachte er, während er an der ausdruckslosen Tür des Paares vorüberschlich, und in die Sorge mischte sich auch schon etwas rechtschaffene Empörung, als hätten die Wittekinds die Pflicht gehabt, sich nach dem gestrigen Abend in Luft aufzulösen.

Hans hatte Inas Verwünschung der Wohnung nicht ungern gehört. Es war bei aller Improvisation zwar schon ein nettes Geld in die Herrichtung der Räume gesteckt worden, Ina versäumte keine Gelegenheit, etwas Notwendiges zu kaufen – was sie in den Kartons in Hamburg alles bereits besaßen –, und es hatte sich in wenigen Wochen angesammelt, was man schon einen ganzen Hausrat nennen durfte. Wer sich vom Prinzip des benediktinischen Mönchtums verabschiedet und Bett, Tisch, Stuhl und zwei Gewänder, dazu ein Messer, eine Gabel, einen Löffel und ein Mundtuch zum Leben nicht für ausreichend hält, der wird, auch wenn er arm ist, bald eine staunenswerte Fülle von Dingen besitzen, und zwar gerade als Armer, so will es ein höhnisches Paradox. So sind denn auch die verrückten Landstreicher, viele Frauen darunter, mit ihren prallgefüllten Tüten – die listigen unter ihnen haben einen Einkaufswagen aus dem Supermarkt an sich gebracht, was die Menge der mitgeführten Tüten freilich nur steigert – die wahren Realsymbole unserer Existenz. Wie sie schleppen wir eine Unzahl von Gegenständen durchs Leben und unterwerfen uns der Last, unablässig scheinbar dringend benötigtes Zeug anzuhäufen, es durchs Land zu fahren, es mit Mühe und Not unterzubringen und alle Lebenssorgen auf es zu verschwenden. Wenn Gerichtstag gehalten wird, etwa am Tag eines Umzugs oder einer Haushaltsauflösung, hebt sich für einen Augenblick die Verblendung, und der Irrsinn des staats- und wirtschaftserhaltenden Sammeltriebes wird sichtbar.

Aber Hans war großzügig und Ina nicht mittellos. Was Frau von Klein ihr überwies, wollte Hans nicht wissen, und er sollte es nach dem Willen seiner Schwiegermutter auch nicht. Sie war zwar jetzt zufrieden, ihre Tochter verheiratet zu haben, aber sie sah es als ihre Pflicht an, die Bande, in die sie eben noch eingewilligt hatte, kaum daß sie bestanden, allmählich auch wieder zu lockern. Hans empfand die Vorstellung, daß Ina eine neue Wohnung suchte, die ihr von vornherein und allein schon deswegen zusagen würde, weil sie es war, die sich für sie entschieden hatte, als glänzenden Ausweg aus der seit ihrer Rückkehr aus Italien so bedrückend gewordenen Verstimmung. Es sei offenbar auch der Hausbesitzer ein verdächtiger Vogel, sagte er, als sie vor ihrem Salat saßen, um Ina zu ermutigen.

Da widersprach sie ihm überraschend: Nein, keineswegs,

Urban Sieger sei schätzenswert. Sie habe ihn geradezu gern und wolle ihn nach Möglichkeit nicht verletzen. Er sei offen zu ihr gewesen – hier verdunkelte sich ihr auf Hans gerichteter Blick, es gebe nicht viele Menschen, die so offen seien. Und er sei unglücklich, und sie vermute, daß er dieses Unglück nicht verdient habe. Wie es denn überhaupt mit dem Verdienen des Unglücks so eine Sache sei: Wer habe schließlich sein Unglück wirklich verdient? Wer mache sich schon klar, wie hoch die Rechnung sei, die uns für die kleinsten Unachtsamkeiten und Irrtümer ausgestellt werde? Längst Vergessenes müsse hart und unnachsichtig abgebüßt werden – so sei es doch. Ihre Augen füllten sich wieder mit Tränen. Sie saßen ein wenig abseits, da mochten die Tränen denn rollen, ohne Aufsehen bei den Nachbarn zu erregen, die diese Trauer eines schönen jungen Mädchens gewiß der Herzlosigkeit ihres Begleiters angelastet hätten.

*

Als habe Sieger dies Bekenntnis der Sympathie und des Mitgefühls mitbekommen – nach volkstümlicher Vorstellung klingt es einem in den Ohren, wenn weit entfernt lobend über einen gesprochen wird, und Sieger war von echt elephantenhafter Empfindlichkeit, so daß sich dies Klingen bei ihm am Ende wirklich ereignete –, stand er am anderen Tag wieder vor Inas Tür. Sie sah schon an dem ungeheuren Schatten auf dem Milchglas, wer geklingelt hatte. Wie Siegers Kopf auf den breiten Speck- und Wasserschultern saß, hatte sich ihr eingeprägt. Er war vom Treppensteigen so erschöpft, daß er schweigend und tief atmend vor ihr stand und nur den Zeigefinger hob, als wolle er sagen: »Aufgepaßt! Ich beginne zu sprechen, sowie ich in der Lage dazu bin.«

144

Er war wieder in weißem Hemd und schwarzer Hose, das schien seine einmal angenommene Tracht, im Winter kam dann wohl die schwarze Anzugsjacke hinzu. Als er eingetreten war und sich niedergelassen hatte, bat er um ein Glas Wasser. Aus einer kleinen Dose nahm er bunte Tabletten und warf sie sich in den geöffneten Mund. Er komme aus einem ihr wahrscheinlich absurd erscheinenden Grund, sagte er in der flehenden Höflichkeit, die ihm eigen war und mit der er Ina für sich eingenommen hatte. Er habe schließlich hier gelebt, zunächst mit seinen Eltern, dann nur mit der Mutter, dann ganz allein – und er bekenne, daß er diesen Tag herbeigesehnt habe – »Ich habe meine Eltern geliebt, und ich war ihr geliebter Sohn, und ich habe sie dennoch in Gedanken ermordet« – nicht anders dürfe man diesen Wunsch, hier einmal ganz allein zu leben, deuten – dies Alleinsein habe schließlich den Tod der Eltern vorausgesetzt – so werde man zum Gedankenmörder. Die bösen Wünsche gingen immer in Erfüllung – wisse sie das?

Ina wußte es nicht, aber es traf sie tief, sie würde sich das merken. Herr Sieger hatte keinen sichtbaren Hals. Das Fett war ihm bis zum Kinn gestiegen, und oben auf dem Schulterplateau rollte sein Köpfchen nun scheinbar lose hin und her. Er verband in seiner Erscheinung seltene Massen mit einer verblüffenden Zerbrechlichkeit. Ina kochte jetzt Tee. Es sei in der Hitze gut, etwas Warmes zu trinken, sagte sie und genoß es, diesem sie anrührenden Mann fürsorglich Belehrendes zu sagen, was sie allerdings nur nachschwatzte. Was bei Hitze gut sei, darüber hatte sie sich wie jeder gesunde junge Mensch noch nie den Kopf zerbrochen. Wenn Herr Sieger Inas schöne Tasse zum Mund hob, verschwand der Henkel vollständig, die Tasse sah aus wie ein Fingerhut.

Die ersehnte Einsamkeit sei ihm gewährt worden, sagte

Herr Sieger, aber dann habe er auch den Sog kennengelernt, den diese Leere entwickelte und von dem er sich keine Vorstellung gemacht habe. Und dieser Sog habe eine Frau hier herauf zu ihm getragen. Das sei ein geradezu physikalischer Vorgang gewesen. Sie war älter als er, eine Frau von großen Erfahrungen und scharfsinnig, aber sie mußte unbedingt ihren Willen haben, was ihn aber gar nicht gestört habe, ihm sei es so unwichtig, seinen Willen zu haben, daß er oft daran zweifle, ob er überhaupt einen besitze. Der Gegensatz zwischen ihnen sei stark gewesen. Hier der scharfe Wille, dort vollkommene Willensschlaffheit – so drückte er selbst das aus –, hier die Fähigkeit zu gnadenlosem Haß, dort die Unfähigkeit zum Haß aus der Gleichgültigkeit heraus. »Ich würde nie behaupten, ich sei ein guter Mensch«, sagte Herr Sieger, »was bei mir wie Güte aussieht, ist nur Schwäche. Bei guten Menschen kommt das Gute aus der Stärke.«

Womit aber nicht gesagt werden solle, seine Frau mit ihrer Hassenskraft sei böse gewesen, nein, keinesfalls, nur unerhört verletzbar. Von ihrem ersten Ehemann hatte sie eine Stieftochter, der sie Schlimmes nachsagte – »Sie interessierte sich eben allzu leidenschaftlich für andere Menschen, das war ihr Fehler. Wer so genau hingucken will, muß sich auf das Fürchterlichste gefaßt machen.« Er vergesse nie, wie diese Stieftochter, die weit weg, gar nicht in Deutschland lebe – die es eigentlich schon beinahe gar nicht mehr gebe –, das Verbrechen begangen habe, seiner Frau eine Weihnachtskarte zu schicken, mit vorgedruckten Grüßen. Er habe sie mit dieser Karte in den Händen vorgefunden, und sie habe vor sich hingeflüstert: »Sie soll im Haus des Teufels kochen«, und dabei habe sie mit ihrem brennenden Blick den gedruckten Text studiert, als wolle sie ihn sich für die Ewigkeit ins Hirn prägen.

»Würden Sie sagen, daß Sie nicht zusammengepaßt haben?«
fragte Ina, die ihm mit großen Augen lauschte. Was sie be-
drückte – benennen hätte sie es ohnehin nicht können – war
weggeflogen, während Sieger bei ihr war. Sie fühlte eine innere Saite schwingen, solange sie ihm zuhörte.

»Im Gegenteil«, sagte Sieger, als verrate er ein Geheimnis,
»wir haben uns ergänzt. Ein gutes Paar soll zusammen entweder ein großes Ganzes ergeben oder sich gegenseitig auf-
heben zu Plus-Minus-Null – wie Sie es mathematisch lieber
haben, ist Ihre Sache, aber beides ist richtig. Das große, runde
Ganze ist für die anderen so undurchdringlich, daß es für die
Außenwelt der Null schon nahekommt, die beiden sind für die
restliche Gesellschaft nicht existent. Kurze Zeit haben wir das
wahrscheinlich sogar erlebt. Ich habe sie gut gekannt, zu gut
erkannt – ich habe sie erkannt. Ohne sie wäre ich nicht geworden, was ich jetzt bin. Ohne sie wäre ich nicht...«

Er brach ab, legte den kugelig beweglichen Kopf nicht ohne
Mühe in die Säuglingshände – es kam mehr eine Geste dabei
heraus als ein wirkliches Bedecken des Gesichtes, denn die
Arme waren zu kurz für den dicken Leib – »...oh, wäre ich
doch nur nicht«, seufzte er, indem er seinen Fragment geblie-
benen Satz in eine neue, trostlose Richtung weiterentwickelte.

Ina verweilte bei dem Gedanken, daß ein so raumbeanspru-
chender Mensch von sich wünschen konnte, nicht zu sein. Wie
verwundert müßte die Erde sein, die seine Last getragen hatte,
sollte sein Wunsch in Erfüllung gehen. Es war wohl kaum mehr
als ein Gedankenexperiment, zu dem Herr Sieger mit seinem
selbstzerstörerischen Seufzer einlud. Nachdem es ihn in seiner
Fülle nun einmal gab, werde man ihn sich nie wieder spurlos
verschwunden denken können, zu diesem Schluß kam Ina.

Sieger faßte sich und begann wieder zu sprechen. In diesem

restlosen Ineinanderaufgehen sei offenbar doch ein Rest übrig geblieben, der keine Entsprechung fand: bei ihr selbstverständlich nur, denn sie war die außergewöhnliche, die nach seinen Worten geradezu überlebensgroße Persönlichkeit. Sie hatte ihm eines Tages den Ehering vor die Füße geworfen. Er habe sich auf den Boden legen müssen, um ihn aufzuheben, aber erst, nachdem sie gegangen sei – er habe sie nicht noch mit dem Anblick einer solchen Geste belasten wollen.

Ina mußte das Schweigen, das sich ausbreitete, schließlich brechen, es ging über ihre Kraft. Sie brachte Zitroneneis aus dem Kühlschrank und hatte das Vergnügen, Herrn Sieger mit einem in seinen Händen winzig wirkenden Löffelchen dies Eis genießerisch löffeln zu sehen. Sie hatte das Richtige getroffen, etwas Süßes. Jetzt konnte man den Gesprächsgegenstand wechseln. Ob sich der Eingang der Miete inzwischen geklärt habe? Geklärt ja, sagte Herr Sieger, aber leider habe er nichts davon erhalten. Souad rücke einfach nichts heraus. Er habe ihn angerufen, aber Souad sei einfach zu abgelenkt.

Ina fragte, ob sie in Zukunft die Miete nicht lieber unmittelbar an Sieger schicken solle. Da wurde er ängstlich und aufgeregt: Nein, keinesfalls. Man solle an solche Dinge nicht rühren. Wenn Souad merke, daß das Geld nicht mehr komme, könne er sehr zornig werden – »und das ist auch für Sie nicht gut«.

Aber da sei etwas anderes, weswegen er sie heute störe, obwohl allein schon dieser Genuß, in der eigenen Wohnung, in der er soviel Schweres erlebt habe, nun ganz entspannt Eis zu essen, diesen Besuch mehr als rechtfertige. Er habe sich vorgenommen, seiner Frau den Ehering zurückzugeben – ohne große Worte. Sie selbst solle entscheiden, wie sie diese Handlung bewerte: als endgültigen Bruch oder als Wiederanknüpfung – beides könne in dieser Gabe gesehen werden, und er selbst werde sie in dieser Vieldeutigkeit auch belassen – »das ist das Ehrlichste so, denn ich weiß tatsächlich nicht, was ich will«. Nur stehe ihm nicht mehr vor Augen, wo er den Ring nach seinem Auszug aus der Wohnung bloß hingetan habe. Lange habe er gesucht, vergeblich. Da sei ihm in der letzten schlaflosen Nacht – »können Sie bei dieser Hitze schlafen?« – plötzlich die Eingebung zuteil geworden, der Ring könne in jenem Glas mit den Reisemünzen sein. Daß dieses Glas immer noch in dieser Wohnung herumstehe, sei an sich schon ein Wunder – warum kein zweites Wunder erwarten? Ob sie gestatte, daß er einmal nachsehe?

Ina stand sofort auf und holte das Glas aus der Küche. Auf dem Schreibtisch mit den Säulenbeinen leerte sie die Münzen aus. Sieger hatte sich erhoben und sah auf den staubigen Haufen. Mit den Fingerspitzen schob er die Münzen auseinander, bis keine mehr auf der anderen lag.

»Es ist eine Enttäuschung«, sagte er leise, fuhr dann aber mit einem Eifer fort, als müsse er sich selbst überreden: »Ja, es ist mehr: das Ende der Täuschung. Ich habe mich in meiner Nachtstunde nur allzu gern von der Täuschung umarmen lassen, aber der Tag läßt dies Gespenst zerflattern. Ich bin Ihnen unendlich dankbar, daß Sie mir Gewißheit in dieser Frage verschafft haben« – wenn er die Wahrheit gesprochen habe, als er ihr seine Willens- und Absichtslosigkeit gestand – und er sei davon überzeugt –, dann dürfe er jetzt nicht betrübt sein. Ein bestimmter Weg, der sich als Möglichkeit auftat, sei verschlossen. Es sei der nicht ihm bestimmte Weg. Mit solchen Reden wiegte und schob er sich dem Korridor entgegen. Er verließ Ina, indem er sie zärtlich, wie ihr vorkam, aus seinen kleinen Augen ansah. Sie stellte sich vor, daß in seinem Leib eine kleine hochbewegliche Seele wie ein Flaschenteufelchen eingesperrt war, die zwischen seinen Füßen und dem Kopf auf den sanftesten Druck hin auf- und abtanzte.

Als Ina allein war, ging sie nachdenklich im Korridor spazieren. War es nicht ein Zeichen, daß im abgesteckten Kreis dieser Wohnung nun schon wieder etwas nicht an dem Platz gewesen war, an dem es mit Sicherheit vermutet wurde? Sie staunte, wie gefaßt Sieger das Verschwinden des Ringes aufgenommen hatte, als wäre seine Wiederauffindung so bedeutsam auch nicht gewesen. In träumerischen Gedanken legte sie sich auf das Sopha und ließ den Besuch des Hausbesitzers an sich vorbeiziehen. Er war ein Liebender, daran bestand für sie kein Zweifel, und indem sie das dachte, stiegen ihr wieder Tränen in die Augen, aber diesmal nicht heftig quellend, ja geradezu spritzend wie beim letzten Mal, sondern als milde, große Tropfen, die eine Weile in ihren schönen Wimpern hängenblieben und dann über Schläfen und Wangen hinabbrannen. Ein tiefes Selbstmitleid erfüllte sie. In welchem Gedicht stand die Zeile: »Was hat man dir, du armes Kind, getan?« Angesichts Siegers Liebe fühlte sie sich unendlich verlassen und zu kurz gekommen. Nie würde sie etwas Ähnliches erleben.

Als sie dann in Schlaf sank, merkte sie eine Weile nicht, daß sie träumte, denn sie durchwanderte auch mit zugefallenen Augen ihre Wohnung, öffnete die Türen und sah in die aufgeräumten Zimmer. Alles, was darin war, erkannte sie als etwas Vertrautes oder gar selber Angeschafftes und selber Aufgestelltes. Auch was Sieger gehörte, wurde jetzt im Traum noch einmal ganz deutlich so benannt. So hübsch und mit leichter Hand dekoriert, wie sie in der Tageswirklichkeit erschien, erlebte sie auch die Wohnung des Traumes. Sie sah die Teppiche und die neuen Fenster, die Souad leider anstelle der

Sprossenfenster hatte einsetzen lassen, weil er als Hausmeister ein besonders ernsthaftes Verhältnis zur Heizung unterhielt, vielleicht auch weil sein südliches Herz in Deutschland zu verfroren war.

Warum also war dies ein derart beunruhigender, ja erschreckender Traum? Figuren traten keine auf, es war nur ein Schweifen durch die renovierten Räume. Der Schrecken entstand denn auch nicht durch die Bilder, die der Traum zeigte, als vielmehr durch das Wissen der Schläferin, worum es sich bei diesen Räumen handelte.

In ihrem Schlafzimmer, dem am wenigsten hübschen Zimmer der Wohnung, weil es für ein großes, modernes Ehebett einfach zu klein war, hörte sie, während sie den Traum-Fußboden betrachtete, der sich in nichts von dem realen Boden unterschied, eine Stimme sagen: »Dies ist das Haus des Teufels.« Und augenblicklich war ihr trotz allem Vertrauten, was sie wiedererkannte, klar, daß die Stimme die Wahrheit sprach.

Ja, es sah genauso aus wie in ihrer eigenen Wohnung. Und doch wohnte hier die vollständige Hoffnungslosigkeit. Hier gab es nichts, woran man in Verzweiflung noch hätte appellieren können, nichts, woran man hätte anknüpfen können. Keine Sprache war hier denkbar, mit der man sich hätte verständlich machen können, keine Konvention, keine Regel, keine Dauer. Hier zerfiel jeder Gedanke. Sehen konnte man das nicht. Da gab es nur eine schlecht geschnittene, neu geweißelte Wohnung. Aber einer, der wußte, wer hier wohnte, der erkannte die Leere hinter den hübschen Allerweltszimmern. Und wem die Sinne dafür erst einmal geöffnet waren, der konnte die Gewißheit, es gebe nichts Schreckliches, das in diesen Räumen unmöglich und das dann auch unabwendbar gewesen wäre, niemals wieder vergessen.

XIII

Der Neumond näherte sich mit großen Schritten, so schien es jedenfalls dem ungenauen Beobachter, der eben noch das fette Halbmondstück vor Augen hatte und dem allmählichen Schwund der Sichel nicht gefolgt war. Jetzt war sie nur noch so zart, als ob ein stärkerer Windhauch sie hätte ausblasen können. Die Gesellschaft im Hinterhof verließ sich auf das künstliche Weiß der Bogenlampen und schenkte dem dahinschmelzenden Mond keinen Blick. Hans mußte länger im Büro ausharren, danach hatte es sich nicht abwenden lassen, daß er mit einigen jungen Kollegen ein Glas trinken ging, so würde er es Ina sagen, obwohl er das Abwenden solcher gemeinschaftlichen Verhaftungen im Internat und bei den Soldaten eigentlich gelernt hatte. Cliquen, die ihn vereinnahmen wollten, bekamen ihn nicht so leicht zu fassen. Aber jetzt zog es ihn nicht nach Hause. Die Telephonate mit Ina während der Bürozeit klangen unheilvoll. Immer wenn er glaubte, das Dunkel lichte sich, kehrte es noch schwärzer zurück. Und ihm war nun klar, daß er dem nichts entgegenzusetzen hatte, sondern selbst nach Hilfe suchen mußte, um die Veränderung, die sich in ihnen beiden vollzog, überhaupt nur zu verstehen.

»Souad hat schon wieder eine andere«, sagte Barbara, die ihre Löwenmähne neu hatte aufblasen lassen. Sie sah nämlich einem Treffen mit ihrem Mann entgegen, am Flughafen, sie würde sich von ihrem Vetter und einem Anwalt begleiten lassen – »das ist nämlich so einer, der hat immer ein Papier in der Tasche, das er sich plötzlich unterschreiben lassen will, und ich unterschreibe gar nichts mehr . . .«

»Das jetzt kannst du unterschreiben«, sagte der Vetter, der heute pistaziengrün trug und aus seinem Gram in eine mürrische Bestimmtheit hinübergewechselt war. Er gab sich keinerlei Mühe, seiner Cousine gegenüber den Eindruck des Doppelagenten zu vermeiden. Vielleicht war es ihr sogar recht so. Sie konnte sich das Leben ohne ihren herrschsüchtigen und gewalttätigen Mann immer noch nicht vorstellen.

»Ich habe Souad heute mit einer blondgefärbten, nicht mehr ganz jungen, etwas verlebten Frau« – holla, Barbara, Vorsicht! – »mit großem, ziemlich vulgärem Mund und solchen dicken Augenlidern gesehen – Souad, du wirst bald sechzig, das schaffst du doch alles gar nicht mehr.«

Souad jedoch hatte sich Haltung verordnet. Am liebsten wäre er zum Flughafen mitgefahren.

»Warum zeigen wir deinem Mann nicht schnell den ›Habsburger Hof‹ – das dauert zwanzig Minuten. Man muß gesehen haben, bevor man sich engagiert. Er wird mir dankbar sein, daß ich dich so gut berate, und ich weiß gar nicht, warum ich das tue, denn bei mir bleibt dabei kein Pfennig hängen.« Und er war derart darauf bedacht, gewinnend und beflissen zu erscheinen, daß er sich sogar mit seiner Opfergesinnung aufziehen ließ, und bei Geld verstand er sonst keinen Spaß. Mit veränderter Miene wandte er sich Hans zu, der sich widerstrebend setzte, vom Äthiopier sofort mit einer Bierflasche bedacht, und zwar von der Marke, die er beim ersten Mal bestellt hatte. Der Äthiopier merkte sich so etwas.

»Herr Sieger ist wieder bei euch gewesen«, raunte Souad mit stechendem Blick – es gelang ihm, diese weichen Schokoladenaugen in ihrer Klebrigkeit unversehens hart und klein werden zu lassen, »was will er denn die ganze Zeit? Was sagt er?«

Hans war eigentlich entschlossen, sich von Souad nicht das Reden befehlen zu lassen, aber dann siegte seine Neugier.

»Er sagt, daß Sie ihm unsere Miete nicht herausrücken.«

Das sei unerhört, sagte Souad. Die Mieter gehe so etwas gar nichts an. Alles sei korrekt geregelt. Man könne auch nicht sagen, daß Sieger überhaupt nichts bekomme.

»Er behauptet, er habe kein Geld«, sagte Hans.

Ein reicher Mann sei das, heulte Souad auf, immer setze der Mann solche Gerüchte in die Welt.

»Assez, Souad«, rief Frau Mahmouni, die entfernt saß und mit ihrem Taxifahrer plauderte, »Sieger sagt die Wahrheit: Er hat kein Geld.« Es war, als habe Souad einen Schlag bekommen. Er duckte sich und blinzelte verwirrt zu der levantinischen Matrone hinüber, deren Kleid – in dem gewohnten Schnitt – heute mit senffarbenen Gladiolen und Orangen bedruckt war, und vielleicht paßten ihre violetten Gesundheitssandalen sogar ganz gut dazu, es fehlte nur eine schwarze Spitzenmantilla, und sie hätte dennoch ausgesehen, wie von Goya gemalt.

Souad senkte die Stimme. Ein engerer Kontakt mit Herrn Sieger sei nicht ganz unriskant. Es sei nicht leicht davon zu sprechen, aber Hans müsse Bescheid wissen. Er könne dann selber entscheiden, wie er sich zu verhalten gedenke. In diesem weiten Umkreis – Souad machte mit der geöffneten Hand eine kreisförmige Bewegung, die die ganze Welt zwischen seiner Waschanlage und dem »Habsburger Hof« einbezog – sei Sieger bekannt. Nirgendwo hier bekomme Sieger auch nur eine Tasse Kaffee. In dem libanesischen Restaurant drüben habe man ihn sogar vor die Tür gesetzt. Nähere sich Sieger einer Imbißstube, wehre man drinnen ab – der da kriegt nichts. Der Äthiopier hier sei der unglücklichste Mensch von der Welt, denn der müsse Sieger nun einmal bedienen, er sei schließlich sein Mieter, aber dieser Mann finde immer einen Trick, der gehe auf Katzenpfoten. Tut mir leid, haben wir gerade nicht da, und was Sie statt dessen wollen, leider auch nicht. Die elegante Methode, Hans wisse, worum es gehe?

»Er zahlt nicht.«

»Ach, das sind doch Bagatellbeträge, darum geht es doch nicht«, sagte Souad und riß die Augen weit auf. Er hob den Zeigefinger mit dem sorgfältig abgekauten rosigen Fingernagel und legte ihn auf das linke untere Augenlid.

»Verstehen Sie jetzt?« Die rothaarige Frau im dritten Stock habe nach einer längeren Unterhaltung mit Sieger eine Fehlgeburt gehabt. In dem Kiosk des Äthiopiers seien die Sicherungen herausgeflogen, nachdem Sieger dort einen Kaffee getrunken habe. Wann immer er, Souad, mit Sieger gesprochen habe – ganz lasse sich das nicht vermeiden –, habe er stets Erektionsschwierigkeiten festgestellt, Hans solle darauf auch einmal achten. Diese Dinge seien übel. Hans sah so verwirrt aus, daß Souad nicht an sich halten konnte und lauter, als er es eigentlich wollte, hervorstieß: »Der böse Blick. Vor allem Ihre Frau muß aufpassen. Hier weiß jeder Bescheid.«

»Assez, Souad«, kam es wieder, diesmal scharf, von Frau Mahmouni. Souad heulte hündisch, die gekränkte Unschuld.

»Aber jeder weiß doch…«

»Jeder weiß, weil Sie es jedem gesagt haben. Deswegen muß es noch lange nicht stimmen.«

»Aber gerade Sie müßten doch…«

»Ich habe keine Anhaltspunkte.« Dies war mit eisiger Objektivität gesprochen. Hans sah, wie die blauen Adern auf dem Handrücken der Frau Mahmouni hervortraten, ein nerviges Geflecht, das von Willensstärke und einer auch in körperlicher Schwäche ungebrochen bewahrten Kraft sprach.

»Etwas anderes mag allerdings stimmen«, fuhr sie fort. »Das Horoskop von Sieger ist schlecht aspektiert. Er wird tatsächlich immer schlecht oder gar nicht bedient. Die Kellner sehen ihn nicht, obwohl er doch eigentlich nicht zu übersehen ist. Er kann sich auf niemanden verlassen. Was er veranlaßt, wird nicht ausgeführt. Seine Hemden gehen in der Wäscherei verloren oder kommen zerrissen zurück. Seine Anwälte verschlafen die Termine. Er muß alles zu teuer bezahlen.«

Souad verstand diese Rede als Anklage. »Ich bin absolut korrekt zu Herrn Sieger, auf mich kann er sich hundertprozentig verlassen«, das war wieder in jenem maulenden Heulen vorgetragen, mit dem Souad Angriffe auf seine Rechtschaffenheit zu verteidigen pflegte.

»Unsinn«, sagte Frau Mahmouni, »Sie sind der Beweis: ein interessanter Fall – mich bedienen Sie gut, ihn bedienen Sie schlecht – ein und dieselbe Person verhält sich in verschiedenen Konstellationen vollständig gegensätzlich. Das ist ein Faktum. Es ist darüberhinaus auch ein Gesetz. Man kann über ein Gesetz nicht diskutieren.« Dann wandte sie sich, als sitze sie in einer rot-goldenen Opernloge, gravitätisch wieder dem türkischen Taxifahrer zu, den sie »mein Freund« anredete.

Hätte Souad ohne diese öffentliche Zurechtweisung das Bedürfnis verspürt, Hans seine Zuständigkeit in den komplexeren Belangen der Menschennatur nachzuweisen? Barbara rückte mit ihrem Klappstuhl zu Frau Mahmouni, die ihr verhalten, aber streng einen verwickelten Sachverhalt darlegte. Der Sachverstand von Frau Mahmouni in der Abwicklung von

Eheverhältnissen war unbestritten. Barbara lauschte mit ungewohnt ernster Miene. Um den Vetter kümmerte sich heute nur der Trinker, aber mit geringem Erfolg, denn der Vetter starrte angewidert zu ihm hinüber und verwandelte sich in ein Denkmal der Unansprechbarkeit. So wenig ihm im Leben bisher geglückt war, so zufrieden war er mit sich, wenn auch mit nichts sonst. Langeweile kannte er nur, wenn andere Leute mit ihm sprachen. War er allein, stieg die Selbstgenügsamkeit wie warmes Badewasser um ihn auf. Irgendwo auf der Welt, so sagte er sich, würde er bald wieder Koch sein, und wenn nicht, war es auch gut. Bei diesem Gedanken konnte er stundenlang verweilen.

»Wenn du so still dasitzt, siehst du aus wie ein vornehmer Engländer«, sagte Barbara häufig, und wenn vielleicht auch nicht ganz sicher war, auf welchen vornehmen Engländer sie sich da beziehen mochte, ahnt man doch, was sie ausdrücken wollte.

»Was diese Frau macht, ist nicht gut«, raunte Souad und behielt Frau Mahmouni dabei im Auge, als wolle er nicht verpassen, ab wann sie wieder mitzuhören versuchte. »Sie weiß genau, daß ich mich in solchen Sachen auskenne, solchen schlimmen Geschichten«, und wieder legte er den Zeigefinger aufs untere Augenlid. Frauen seien in dieser Hinsicht besonders gefährdet, wahrscheinlich habe es auch Frau Mahmouni erwischt, aber sie gebe so etwas nicht zu, sie sei hart wie Stahl – sinnloserweise. Ein Hinweis sei, wenn Frauen häufig grundlos heulten, wenn die Periode ausbleibe, wenn der Beischlaf plötzlich Schmerzen mache, die Verdauung nicht stimme. Ein sicherer Hinweis – bei Frauen häufig –, wenn sie sich plötzlich etwas einzubilden begännen, was nicht da sei, wenn es dieses endlose Gezänke um Einbildungen und Wahnvorstellungen gebe. Krankhafte Eifersucht sei ein Hinweis – hier schaute Souad besonders bedeutungsvoll –, was war in seinem Kosmos wohl krankhafte Eifersucht? Wenn eine Frau keine Ruhe gab und nicht verstand, sich mit Würde ins Unvermeidliche zu schicken? Sehr bedeutungsvoll sei es, wenn Frauen die Frisur wechselten, vor allem wenn sie die Haare abschnitten, außer wegen Läusen, diese Bemerkung war aber nicht scherzhaft gemeint.

Wofür sei das alles ein Hinweis, fragte Hans.

Dafür, daß etwas eingetreten sei. Genauer: Daß etwas in die Frau eingetreten sei. Es kündige an, daß die Frau in sich nicht mehr allein sei. Man müsse dann unbedingt etwas unternehmen, bevor es zu spät werde. Wirkungsvoll schützen könne natürlich nur jemand, der sich auskenne. Er, Souad, kenne sich bei den Frauen aus – deshalb seien Barbaras Sticheleien mit den Frauen, die sie tatsächlich mit ihm gesehen habe, so lächerlich – Frauen, mit denen er sexuelle Affären unterhalte, werde sie niemals mit ihm sehen, aus dem einfachen Grund, daß er selbst sie auch nie sehe. Gegenwärtig seien es drei. Er schlafe keine Nacht länger als drei Stunden. Hier lächelte er versonnen, dann aber wurde er wieder ernst.

Es sei für Hans vielleicht nicht unwichtig, wenn er einmal erlebe, was man in den beschriebenen Fällen tun könne. Gerade heute habe er guten Freundinnen versprochen, sie dorthin mitzunehmen, wo ihnen geholfen werde. In zwei Stunden seien sie zurück.

Hans hatte bei seinen Worten aufgehorcht. Souad war ihm so unangenehm wie je. Bei seinen Eröffnungen war Souad ihm so nahegerückt, daß er sein Parfum roch, ein teures, recht bekanntes Zeug, und das war ihm noch viel peinlicher gewesen. Zugleich konnte er sicher sein, daß kein Essen in der Küche war. Ina hatte für den Haushalt keine Lust und keine Kraft mehr. Es schmecke ihr nicht, wenn es so heiß sei, sagte sie zerstreut. Er gestand sich ein, daß es ihm gleichgültig war, ob Ina ihn erwartete, auch wenn sie plötzlich doch etwas vorbereitet hätte. Hans fühlte den Wunsch, sich treiben zu lassen, womöglich gar von zu Hause wegtreiben zu lassen.

*

Souad fuhr gegenwärtig eine große, schon etwas ältere Limousine. Er wechselte die Autos manchmal monatlich, durch die Waschanlage kam er an günstige Gelegenheiten. Er handelte auch ein bißchen mit Autos, aber wirklich nur nebenbei. An einer Straßenecke – dorthin hatte das Mobiltelephon Lotsendienste geleistet – stieg eine Frau mit braunen nackten Armen, blondgefärbtem, am Haaransatz kräftig schwarz nachwachsendem Haar und großem lachbereiten Mund ein, die Souad »mein Schatz« nannte. Viel Konversation wurde jedoch nicht gemacht. In längeres Schweigen hinein sagte die Frau schließlich: »Jetzt bin ich aber mal gespannt.«

Souad fuhr zügig. Bald schon kannte Hans sich nicht mehr aus. Die Fahrt ging durch Vorstadtniemandsland mit Siedlungsbauten und halbhohen kleinen Fabriken, und in die Einfahrt einer solchen Fabrik bogen sie schließlich ein. Hier stand ein großes Schild: »Gewerberaum zu vermieten«, produziert wurde hier also nichts mehr, aber der Hof war ordentlich aufgeräumt, das Kunststeinpflaster neu. Licht gab es allerdings keins. Nur von der Straße leuchteten die Bogenlampen, aber der Hof war weitläufig, kleine, saubere Schuppen, alle fest verschlossen, legten einen Damm zur Straße hin, und bald wäre man im Dunkeln gewesen, wenn Souads kleines Telephon nicht eine winzige Taschenlampe enthalten hätte: Er konnte sich auf dies Telephon wirklich in jeder Lebenslage verlassen.

Ersticktes Trommeln wurde hörbar. Aus dem Spalt eines Garagentores drang Licht. Bis vor kurzem waren hier hydraulische Hebebühnen zusammengebaut worden. Jetzt sorgten andere Kräfte für Hebung und Bewegung.

Souad klopfte, und nach kurzem schaute eine Frau mit blauem Turban und ebenfalls blauem, silberbesticktem Kaftan heraus, erkannte ihn und winkte ihn freudig herein. Sie war schwarz, eine Marokkanerin aus dem tiefen Süden des Landes, eine Haratin, wie Souad Hans zuflüsterte. In der Garage war es gleißend hell. Scheinwerfer auf Stativen ließen es hier drin unerträglich heiß werden, Hans japste. Er sah viele Leute in dem beschränkten Raum auf Stühlen die Wände entlang sitzen, vor allem Frauen, die meisten mit dem muslimischen Kopftuch, zwei Männer waren aber auch dazwischen, wenn auch mit verlegener Miene, sie waren offensichtlich nur mitgebracht worden. Die blaugewandete Schwarze war hier die Meisterin. Sie dirigierte ihre Gäste. Für Souad, seine Freundin und Hans mußten Stühle freigemacht werden. Kaum daß sie saßen, ließ sich die Schwarze ein Weihrauchgefäß reichen und umkreiste damit Köpfe und Füße der Neuankömmlinge. Im gleißenden Licht herrschte ohrenbetäubender Lärm. Die Stahlplatten dieser Baracke hatten den Trommelklang nur leise nach draußen dringen lassen. Hier drin aber war es, als würden einem die Trommelschlegel auf den Kopf gehauen. Fünf Männer, drei alte und zwei junge, mit braunen Gesichtern, bestickten Käppchen und den Trikots der örtlichen Fußballmannschaft bekleidet, schlugen schweißüberströmt auf ihre Trommeln ein, dann griff einer nach einem Blasinstrument, einer Art Schalmei und erzeugte damit einen kreischenden, schneidenden Ton, aus dem sich eine quälende und zugleich schöne Melodie entwickelte. Viermal wurde sie in Variationen wiederholt. Dazu sangen die Männer mit hellen, gellenden Stimmen, die sie an- und abschwellen ließen.

Die Frau sei berühmt, sagte Souad, ohne die Augen von ihr zu lösen. Auch jetzt hatte er seinen fressenden Blick, aber hierher paßte das, fand Hans und glotzte auch nicht schlecht, während Souads Freundin eingeschüchtert mit niedergeschlagenen Augen auf ihrem Stuhl hockte.

Die Schwarze näherte sich in tänzerischen Schritten einer dicken, ärgerlich blickenden Frau, die abwehrend die Hände hob, aber aufstehen mußte, denn auch ihre Nachbarinnen duldeten nicht, daß sie sitzen blieb. Sie machte aus ihrer Verstimmung kein Hehl, sie begann ihren Tanz in der Mitte der Garage mit einer Miene des Überdrusses und der Langeweile. Es war kein kunstvoller Tanz, ein wiegendes Hin- und Hertrippeln, aber nach einer Weile ging unter der Lärmglocke eine Veränderung in ihr vor. Der ärgerliche Gesichtsausdruck verschwand. Sie verlor jeden Ausdruck und schien im wiegenden Stehen einzuschlafen. Dann zuckte ihr Kopf, begann hin- und herzufallen, und ein Schütteln ergriff ihren ganzen Körper, und nun konnte sie sich nicht mehr auf den Beinen halten, sie schwang und schwankte wie betrunken, sie stürzte, ihr Kopf drohte wieder und wieder auf den Betonboden zu schlagen, wenn da nicht gleich eine Frau herbeigeeilt wäre, die ihn in den Schoß nahm und festhielt. Auf ein Zeichen der Schwarzen verstummte die Kapelle. Die Ärgerliche erwachte aus ihrem Krampf, ließ sich aufhelfen und zu ihrem Stuhl führen. Dort starrte sie vor sich hin. Jetzt kümmerte sich niemand mehr um sie. Erleichtert schien sie nicht. Es war, als hätte sie in ein finsteres Loch gesehen und müsse sich erst wieder an das Licht gewöhnen. Der Ärger war verschwunden, ein tief-sinniges Fragen war an seine Stelle getreten, ein Ausruhen am Straßenrand nach einem Unfallschock hätte so aussehen können.

Als die Musik wieder anhob, wurde eine schlanke Frau mit fest bandagiertem Kopf in den Kreis geschoben. Niemand schien gern tanzen zu wollen. Alle mußten sich offenbar dazu überreden lassen, nachdem sie doch Bescheid wußten, was sie erwartete, aber der Anordnung der blaugewandeten Schwarzen widersetzte sich niemand lange. Die Bandagierte löste ihren weißen dünnen Schleier. An ihren Schläfen klebte das zusammengedrückte hennarote Haar, aber ihre Augen waren aquamarinblau und groß. Sie war sehr weißhäutig und hatte trotz ihrer Schlankheit ein kindlichzartes Doppelkinn, Magerkeit und lieblicher Speck schlossen sich bei ihr nicht aus. Sie blickte ängstlich auf die Schwarze, die ihr ermutigend zunickte und die Männer der Kapelle anwies, sie in engem Kreis zu umgeben. Das Mädchen steckte in einem Lärmgefängnis. Man glaubte, ihre Bewegungen seien Fluchtversuche, sie strebe den Kreis zu durchbrechen, um wieder auf ihren Stuhl zu gelangen, aber in Wirklichkeit waren das schon die Krämpfe, die sie übergangslos in Besitz genommen hatten. Sie warf ihren Körper herum, sie breitete die Arme aus, als versuche sie einen taumelnden Flug, sie öffnete den Mund, als wolle sie schreien, aber nicht einmal ein Röcheln war zu hören, jeder Laut wurde von den immer wilder trommelnden und singenden Männern niedergehalten, bis auch sie zusammenbrach, und diesmal war das Hinzustürzen der Frauen zu der sich am Boden Windenden wie das von Feindinnen, als sollten ihr dort unten die Haare ausgerissen und die Augen ausgekratzt werden. Auch sie kehrte benommen wie nach tiefem, bösem Traum auf ihren

Platz zurück, auch von ihr wandte man sich ab wie von einem Menschen, dessen Unglück zu groß ist, als daß man ihn trösten könnte.

Souad löste keine Sekunde den Blick von ihr. Er trank diese Ekstasen mit einer Hingabe, die selbst das Telephon nicht hätte steigern können.

»Die habe ich hierher gebracht«.

Aber nun erhob sich, ohne erst genötigt werden zu müssen und mit einer Duldermiene, die sich in die Mißhelligkeiten des Lebens zu schicken wußte, eine tonnenartige Frau mit einem Gesicht, in dem alles übergroß war. Auf ihrem Hinterteil stand der Oberkörper wie auf einem gemauerten Piedestal. Sie agierte gleichsam auf der Basis eines von ihrem Körper unabhängigen Hinterteils. Ihre Augen waren geschlossen, ihre Bewegungen höchst ökonomisch, da gab es kein Kopfwerfen und Hin- und Herfallen. Sie versetzte mit kleinen Schritten ihren Nilpferdleib in ein Beben, hob die Arme über den Kopf und war, vom Musiktosen umbrandet, in ihr kaum merkliches Wiegen vertieft, doch als die Musik abbrach, sah sie genauso verstört um sich wie die beiden jüngeren Frauen, die davor hatten bewahrt werden müssen, sich zu verletzen. Wie hätte man die schwere Frau auch vor der eigenen Gewalt schützen mögen? Sie hätte sich über die Helferinnen gewälzt und ihnen den Atem genommen. Und doch war auch sie in einen Zustand geraten, als sei sie einer Art Gefahr entronnen, die zu schlimm war, um sich über dies Entrinnen schon freuen zu können.

»Man wird das Böse, das in einem steckt, nie wieder los – man muß sich mit ihm arrangieren, sich an es gewöhnen, einen Kompromiß damit schließen«, sagte Souad, als die Musik wieder einmal schwieg. Ein schönes junges Mädchen mit Armbändern und Ketten, an denen Goldtaler hingen – das sah sehr nach Hochzeitsschmuck aus –, wurde nun in den Kreis gezogen. Sie blickte sich um. War der eine der beiden Männer etwa ihr Ehemann? Hans meinte aufspringen und die junge Frau aus der Garage wegführen zu müssen. Wenn dies alles hier zu etwas gut war – der Anblick der erschöpften und ratlos vor sich hinstarrenden Frauen ließ das nicht allzu sicher erscheinen –, dann mußte es im Verborgenen geschehen. Was war das für ein Ehemann, der mit anderen zusah, wie seine Frau dermaßen außer sich geriet? Der Mann schien wohl ähnliches zu empfinden. Er schwitzte vor Angst und Peinlichkeit, während die Frau ihn jetzt schon vollkommen vergessen hatte. Hans dachte an Ina. Souad mochte recht haben mit seiner Diagnose, die bei Ina etwas traf, obwohl er gar nicht ausdrücklich von ihr gesprochen hatte. Aber bei der Vorstellung, sie hier in dieser Garage zu wissen, nach dem Kommando der Zauberin tanzend und umfallend, erschrak er, als habe er ihr ein Leid getan.

XIV

Souad brachte Hans und die Blondgefärbte nach Hause; sie war es, die den Aufbruch dringend begehrte, ihre physisch so wohlverankerte Lustigkeit und Souveränität war wie weggeblasen.

»Sie wird wiederkommen«, sagte Souad gleichmütig, nachdem er sie abgesetzt hatte. Alle kämen wieder. Dies sei etwas für Frauen. Souad bekannte sich jetzt auf der Fahrt als den Frauen mit Haut und Haar ergeben – seit er denken könne. Als Dreijähriger habe er mit Bewußtsein das erste weibliche Geschlechtsteil gesehen, die schwarze Sklavin im Haus seines Großvaters habe ihm das ihre gezeigt – dieser Tag sei sein eigentlicher Geburtstag gewesen. Er sprach ganz ohne Lüsternheit, er klang beinahe unglücklich. Er wisse, wie »die Frau« sei, bis in seine tiefste Faser hinein habe er »die Frau« erkannt, und zugleich sei da eine Unersättlichkeit, dies Wissen immer neu bestätigt zu finden. Er sei auf dem besten Weg gewesen, sich zu ruinieren, seine Ehe sei zerbrochen – eine lange Geschichte, sehr aufregend und lehrreich, aber ein andermal! –, bis er auf das Telephon gekommen sei. Er halte nicht für ausgeschlossen, daß er vielleicht heute noch verheiratet wäre, hätte man das Mobiltelephon etwas früher erfunden, aber er beklage sich nicht, die Scheidung habe ihm eine zweite Jugend geschenkt.

Der Geruch der Frauen, sagte Souad. Streng fuhr er fort, er

müsse sich nun wirklich konzentrieren. Wenn er an den Geruch der Frauen denke, baue er einen Unfall. Überhaupt sei die Beschäftigung mit den Frauen nicht ungefährlich. Um ganz und gar in sie hineinzufahren, um ihnen keinen Fluchtwinkel zu lassen, müsse der Mann sich verweiblichen. Bei ihm, nun wandte er sich an Hans, laufe aber doch alles gut?

Was sollte die Frage in diesem Zusammenhang bedeuten? Wollte er wissen, wann Hans mit Ina zum letzten Mal geschlafen hatte? Ging das, selbst wenn man die durch Souad vermittelte Erfahrung dieses Abends bedachte, nicht etwas zu weit? Und das Unbehaglichste war, daß Hans es für möglich hielt, Souad kenne den wahren Stand der Dinge oder könne ihn jedenfalls erahnen.

Die Beklommenheit, die durch die Gegenwart dieses Detektivs für erotische Spezialfälle erzeugt wurde, durfte sich noch steigern. Im Hof, wo Souad ein letztes Bier trinken wollte, obwohl die übrige Gesellschaft schon verschwunden war und der Äthiopier in blasser Wachspuppenschönheit und höflicher Verschlossenheit gerade die Klappstühle ins Haus räumte, harrte nur noch der einsame Trinker aus, der seine Geduld bestätigt sah, als er zugleich mit Souad nun doch noch jenes letzte Bier bekam, das ihm der unnahbare Wirt eben abgeschlagen hatte.

»Als Gott die Stadt verließ, da war es nicht sein Ernst...«, sang der Trinker und hätte selbst nicht mehr sagen können, ob er da ein Lied zitierte oder ob er sich diese kuriose Zeile selbst ausgedacht hatte. Und genau da betraten Elmar Wittekind und Britta den Hof, von offenbar vergnügtem Abend zurückkehrend. Hans stand auf, aber die beiden kamen nicht näher. Sie hielten sich an den Händen und nickten freundlich in seine Richtung, Händeschütteln war nicht vorgesehen. Wittekind wandte sich Souad zu, Hans mußte Brittas spötti-

166

schen Blick ertragen. Er wünschte, weit weg zu sein und nichts sagen zu müssen.

»Was schaust du so bedripst, du armes welsches Teufli?« sagte Britta mit ihrer tragenden Bühnenstimme, ohne besonders laut werden zu müssen, »Kennst du nicht das Lied vom welschen Teufli? Ich hab verlorn mein Pfeifli, aus meinem Mantelsahahahahack, aus meinem Mantelsack«, sang sie, ohne daß Wittekind sich stören ließ. Er war solche Bizarrerien bei ihr gewohnt. »Ich glaub, ich hab's gefunden, was du verloren hahahahahast, was du verloren hast.« Sie fand ihren Scherz köstlich und summte die Melodie, die Hans noch aus Kindergartenzeiten kannte, versonnen ein zweites Mal.

Da aber hatte der stets verdutzte Hans auch einmal einen Einfall. Er hob die rechte Hand und bewegte sie drehend hin und her, als schraube er in einer Deckenlampe die Glühbirne ein. Siegers Ehering blitzte, allseits von der Bogenlampe beschienen. Britta sah so verblüfft aus, daß sie das Weitersummen vergaß. Auf ihrer Stirn zeigte sich eine nachdenkliche Falte, geradezu ein bißchen ärgerlich sah sie aus. Sie ging ohne Gruß ins Haus. Wittekind folgte mit einer bei ihm grundsätzlich spöttisch wirkenden Verneigung – was gab es beim Begrüßen und Verabschieden nur immer so Komisches? Er muß jeden Augenblick in Anführungszeichen setzen, dachte Hans. Über seinen Triumph bei Britta freute er sich nur kurz. Zu schnell kam die Sorge, was sie daraufhin unternehmen werde. Warum bloß hatte er sie nicht im unklaren gelassen?

Jetzt durfte er sein Gehirn zermartern in dem vergeblichen Versuch, ihre Gedanken zu denken. Dafür hätte es erst recht eines Souad bedurft. Hatte der etwas von dem musikalischen Dialog mitbekommen? »Erkenne die Lage«, das hatte ein berühmter Staatsrechtslehrer sich zur Devise gemacht, soviel war bei Hans aus dem Studium hängengeblieben. Britta hatte ihm also tatsächlich den Ring abgezogen, daran gab es keinen Zweifel mehr – um sich einen Spaß zu machen? Um ihn in Verlegenheit zu bringen? Weil sie eine Sammlung solcher Andenken besaß oder weil sie ein Pfand von ihm besitzen wollte? Deutete das Singen, dieses freche kleine Lied, nicht auf das Pfand? Hieß das nicht, er möge doch einmal bei ihr nachsuchen kommen? Daß er sich nicht sofort am nächsten Tag bei ihr gemeldet hatte, mochte sie schon verstimmt haben.

Und nun sah sie, herausfordernd und ausgestellt, daß die Lücke, die sie geschaffen hatte, bemerkt und sofort geschlossen worden war. Ihre kleine Teufelei lief ins Leere. Es gab jetzt nicht mehr einen Ring zu wenig, sondern einen zu viel. Und sollte dieser überzählige Ring nun nicht in ein Kästchen mit schönen Andenken kommen, sondern tätig sein und ein wenig Verwirrung stiften – bei wem allein könnte er solche Wirkung wohl tun? Bei Hans nicht. Was aber würde Ina sagen, wenn sie den Ring in die Hände bekäme und über das Wunder nachzudenken begänne, daß ihr Mann seinen Ring zugleich tragen und ablegen konnte?

Ob Hans je erfahren würde, mit welcher Variante seiner Spekulation er richtig lag? Die Post kam spät am Baseler Platz, gegen Mittag erst. Wer wußte, daß Hans um acht Uhr morgens aus dem Haus ging und erst abends zurückkehrte, durfte mit der hohen Wahrscheinlichkeit rechnen, daß Ina den Briefkasten leerte.

Britta hatte sich solche Gedanken jedoch gar nicht gemacht. Nachdem sie gesehen hatte, wie seine Hand ihr mit der unsichtbaren Glühbirne ein Licht aufgehen ließ, wollte sie den Ring vor allem loswerden. In geheimer Erwartung vielleicht mochte sie seine Geste als Bekundung der Unabhängigkeit und der Weigerung, in Rückgabeverhandlungen mit ihr einzutreten, deuten. Der Spaß war zu Ende. Er hätte gar nicht anfangen dürfen.

Sie wollte den Ring von der Brücke in den Fluß werfen. Das war die richtige, die klassische Weise, einen Ring loszuwerden. Ringe mußten im Meer von Fischen verschluckt oder von Flutwellen an ein fernes Ufer getragen werden – dann begann eine neue Geschichte mit ihnen, aber selbst wenn sie tief in den Schlamm sanken und dort schliefen, waren sie am passenden Ort. In Flüssen müssen Schätze schlafen. Draußen war es allerdings so heiß und die Sonne knallte so gnadenlos auf die Steinkästen, daß jeder Schritt überlegt werden wollte. Bei der Brücke angelangt, wäre sie in Schweiß gebadet. Dagegen lockte der dämmrige Treppenvorplatz mit der aus dem dunkelroten Terrazzo aufsteigenden Kühle.

Und da warf sie den Ring kurzerhand in Hans' und Inas Briefkasten. Mochte nun werden, was wollte. Sie fühlte sich, wo sie das fremde Ding los war, wieder vollkommen im Recht. Aber auch, als sie ihm den Ring abzog, war sie im Recht gewesen. Im Morgengrauen war sie erwacht, beide Männer schliefen, Hans hatte seine Hand auf ihre rechte Brust gelegt, er hielt sie im Schlaf wie einen Apfel. In diesem Bild war der Ring ein blitzender kleiner Schandfleck, den mußte sie sich nicht bieten lassen.

*

Welche Wirkung sie mit diesem Wurf des Rings in den Briefkasten bei Ina hervorrief, hätte sie sich in ihrer kühnsten Phantasie nicht ausmalen können. Wer sich aber erinnert, daß Ina gerade eben noch Anlaß hatte, ihren Augen nicht trauen zu dürfen, mag schon eher ahnen, wie ihr zumute war, als sie zwischen allerlei Briefen den goldenen Ring im Briefkasten fand. Was war geschehen, als sie davon überzeugt war, Souads Waschanlage urplötzlich nicht mehr an der gewohnten Stelle zu erblicken und sie kurz darauf ihre Rückkehr erlebte? Inzwischen fragte sie sich selbst, ob ihr Eindruck nicht die Folge starker Zerstreutheit gewesen sei, einer kleinen Absence, eines Verwirrtheitszustands, der sie die Fenster, aus denen sie geblickt hatte, verwechseln ließ. Ohne es sich einzugestehen, näherte sie sich den Erklärungen, die Hans so behutsam vorgeschlagen hatte. Aber das änderte nichts an der Nachhaltigkeit jenes Eindrucks, der ihr immer noch vor Augen stand. Etwas in ihr war seitdem in der Erwartung, weitere Botschaften entgegenzunehmen, die ihre Sicherheit erschütterten. Sie fühlte, daß sie in den Zweifeln, die sie unversehens befallen hatten, schon sehr bald bestätigt werden würde. Obwohl sie vermutete, daß Hans ihr das Verschwinden und Wiederzurückkehren der ganzen Waschanlage vielleicht aus guten Gründen nicht abnahm, hatte sie sich in dieser Vorstellung richtig verwurzelt. Sie sprach sogar ausführlich zu Frau von Klein darüber, die sie zu beruhigen trachtete, aber auch von Damen ihrer Bekanntschaft hin und wieder Metaphysisch-Parapsychologisches zu hören gewohnt war und dem niemals mehr Bedeutung zumaß, als wenn man ihr gegenüber klagte, man habe schlecht geschlafen.

Schlecht geschlafen hatte Ina ohnehin, nicht in dem Sinn, daß sie kurz schlief, sondern daß der Schlaf ihr keine Erholung schenkte. Sie erwachte nach acht oder neun Stunden so zerschlagen wie nach schwerer Trunkenheit. Der Besuch Siegers ging ihr nicht aus dem Kopf. Die Vergeblichkeit hatte sich ihr eingeprägt, mit der er wieder und wieder die alten Münzen auseinander schob, ob sich nicht doch noch unter einer von ihnen der verlorene Ring verberge. Dinge verschwanden und kehrten wieder; das war das unheimliche Gesetz dieses Hauses. Es zog sich etwas um sie herum zusammen.

Und nun lag da vor ihr der Ring, den Sieger gestern in der Wohnung oben bei ihr gesucht hatte. Denn daß es dieser Ring und kein anderer war, daran bestand nach allem Vorgefallenen nicht der geringste Zweifel. Wie der Ring in den Briefkasten geraten war, brauchte da nicht mehr erforscht zu werden: Es war so geschehen, wie die Dinge hier nun einmal geschahen.

Das Bedeutsamste an dem, was sie jetzt tat, war, daß sie es Hans nicht mitteilte. Von Geheimhaltung mag man hier nicht sprechen, denn es war kein Verbergen damit verbunden, nicht einmal eine erklärte Absicht. Es gab neuerdings Bereiche in ihrem Leben, die mit Hans nichts zu tun hatten, die an ihm vorbeiliefen, so wie einst ein berühmtes altes Wirtshaus plötzlich ohne Gäste blieb, weil weit davon entfernt eine Straße gebaut worden war, die dies Wirtshaus links liegen ließ. Sieger war auf Inas Anruf so schnell da, als habe er darauf gewartet. Wo er wohnte, blieb ihr die ganze Zeit unklar, jedenfalls nicht im »Habsburger Hof«, obwohl sie ihn einmal von fern das Hotel hatte verlassen sehen. Mit Sieger hatte Ina einen Bruder im Geist gefunden. Die Frage, wie denn der Ring in den Briefkasten gekommen sei, stellte sich auch ihm nicht. Sieger begann zu weinen. Er betrachtete den zwischen den weißen Fleischkissen seiner Hand liegenden Ring, beugte sich nicht ohne Mühe vor und küßte ihn. Der Ring war wieder da. Er war noch da, nach allem, was Trennendes geschehen war, auch nachdem er ihn achtlos in fremder Obhut gelassen und damit jedes Recht an ihm aufgegeben hatte.

»Ich hatte ja kein Recht mehr auf diesen Ring.« Dies sagte

er mit großem bedeutungsvollem Nachdruck, als wolle er Ina versichern, daß er keinem, der diesen Ring zurückbehalten hätte, daraus einen Vorwurf hätte machen dürfen. Wer den Ring behielt, war im Recht. Wer ihn dann schließlich doch herausrückte, machte Herrn Sieger ein Geschenk und erwies ihm eine Gnade.

»Es ist eine Gnade«, sagte er wörtlich. Seine Tränen waren spurlos getrocknet. Er setzte wieder Fuß vor Fuß, das Gehen bedeutete bei ihm, eine mächtige träge Maschinerie ganz bewußt in Bewegung zu setzen. Die Böden schwangen unter seinem Schritt. Die Treppen mußte er behutsam gehen, denn sein Leibesumfang verdeckte ihm den Blick auf die Stufen. Ina sah ihm in dankbarer Erregung nach. Dies wenigstens, so war ihr Gefühl, hatte sie zu einem guten Abschluß gebracht. Lange verharrte sie still im Wohnzimmer auf dem Sopha. Sie wollte sich, so lange es ging, nicht von ihrem Erlebnis lösen, sich gleichsam im Haus dieses Erlebnisses aufhalten, seine Luft atmen, solange sie nicht verflogen war. Sie wurde traurig, als sie nach Stunden fühlte, wie diese Luft dünner wurde und sich verflüchtigte.

Sie stand auf und ging ratlos durch die Räume. Es war ungemütlich bei ihnen geworden, sie wandte keine Sorgfalt mehr auf ihre Umgebung. Überall lag etwas herum. Stühle und Sessel standen durcheinander, wie man sie beim Aufstehen verschoben hatte. Die Decke auf dem Sopha schleifte halb auf dem Boden. In den Vasen vertrockneten die Sommerrosen, die schon im Blumengeschäft nicht ganz frisch gewesen waren. Sie hatte diese Wohnung eingerichtet und manches dafür zusammengetragen, aber nun begannen die Sachen, ihr Eigenleben zu führen und sich dort aufzuhalten, wo sie sein wollten in ihrem blinden Sinn, dem der Aufstand gegen die Ordnung tief eingewurzelt war. Die Wohnung beugte sich ihr nicht einmal zum Schein. Sie empfand unversehens die Häßlichkeit dieser beginnenden Verwahrlosung wie die Äußerung einer fremden, feindlich gesinnten Macht, die ihre Kraft erst zeigte, nachdem die eigene verbraucht war.

*

Ina ging aus dem Haus. Sie trug am Leib nur ihr dünnes hemdartiges Kleid, ein weißes Baumwollgespinst, keine Tasche und kein Geld nahm sie mit. So begann sie ihre Wanderung durch die Stadt.

Die lange Hitze begann ihre Wirkung zu zeigen. Am Baseler Platz gab es keine Bäume, aber als Ina nach einer Weile die älteren, halbwegs erhaltenen Wohnviertel erreichte, sah sie die Verheerungen, die die vergangenen Wochen unter den Kastanien angerichtet hatten. Es gab hier schöne Alleen, die die Straßen in ein lichtgepunktetes Dunkel tauchten. Um sommerliche Kastanien ist oft ein staubiger Hauch, trotz der weichen grünlappigen Blätter, die sich zu wolkigen Großarchitekturen auftürmen können. Diese Bäume entschädigten für vieles, was man in den Straßen verdorben hatte, es war geradezu, als könne man hier bauen, was man wollte, solange die Kastanien in wogender Riesenpracht die Schäbigkeit an den Rand verwiesen. Aber jetzt waren diese Blätter schon braun und ausgetrocknet, obwohl es noch nicht August war. Den schönsten und edelsten Tieren, den Walfischen und den Tigern, den Störchen und den Laubfröschen, machte die industrielle Zivilisation den Garaus, aber der Motte, die in den letzten Jahren aus Asien herangeflogen das Kastanienlaub verdorren ließ, war kein Gift gewachsen, als habe dieses winzige Lebewesen mit den chemischen Mitteln der Lebenszerstörung einen Pakt schließen dürfen, weil es auf seine Weise deren Werk vollendete.

Mitten im Hochsommer ging Ina durch diese welkenden Alleen. Manche Bäume, die schon verstanden hatten, daß die Zeit für eine ruhige und angemessene Reifung ihrer Früchte nicht ausreichen würde, trieben mit der Kraft der Verzweiflung schon jetzt die Stachelkugeln hervor, die sonst erst im Oktober von den Zweigen auf die Straße fielen. Kümmerlich waren diese Stachelkugeln. Sie erreichten nicht die alte verheißungsvolle Prallheit, deren Aufplatzen dann die wie Mahagoni-Kommoden polierten Kastanien herausrollen ließen. Es lag sogar schon welkes Laub auf dem Pflaster, in den stilleren Straßen raschelte es schon unter Inas Schritten in den leichten Sandalen. Ina mochte den Buntsandstein nicht, aus dem hier viele Häuser gebaut waren. Er erschien ihr blutig-düster und gleichzeitig zu weich, schwammig, porig, wie Bimsstein. Noch war genügend Laub an den Bäumen, um den Straßen weiter Schatten zu spenden. Sie ging langsam und sah in die Wohnungen im Parterre hinein, soweit nicht die Rolläden herabgelassen waren. Hier schienen wohlhabende Leute zu wohnen. Man sah es an den Vorhängen und auch an kleinen blitzenden Reflexen aus dem Dunkel der Räume, die von einem Spiegel oder einem Deckenleuchter mit Glasprismen ausgingen.

Wäre ihr Leben ein anderes, wenn sie in dieser Straße gewohnt hätten? Aber das war nur ein flüchtiger Gedanke. Zwischen zwei Sandsteintorpfosten stand das schwere eiserne Gartentor offen. Sie ging hinein, den Gang mit wackligen Fliesen bis zum Hof, in dem eine mächtige Kastanie stand, von den Häusern ringsum geschützt und zugleich dazu getrieben, durch ein äußerstes Wachstum doch noch ans Licht zu gelangen. Dieser bevorzugte Baum mußte dafür aber auch früher sein Laub verlieren als die Bäume auf der Straße, die der Zugluft ausgesetzt waren und etwas mehr Widerstandskraft entwickelten. Ina stand vor einer haushohen Kaskade aus braunverkrümmtem Laub. Der Sandkasten, der zwischen die hohen Wurzeln des Baumes gesetzt war, hatte sich schon ganz mit welken Blättern gefüllt. Sie verließ den Hof und wanderte die Straße entlang. In den Gartenlokalen, die hier und da ihre Schirme aufgespannt hatten, saß niemand. Die Leute hatten die Lust am Sommer und am Draußensitzen verloren und verkrochen sich, wenn sie überhaupt in der Stadt geblieben waren, in ihren kühleren Wohnungen.

Ina lief weiter, ohne Plan und längst nicht mehr wissend, wo sie sich befand. Sie gewann eine Anhöhe und blickte auf die ferne Innenstadt hinab, die Hochhäuser der Banken schienen von hier aus gesehen in einem Sumpf zu stecken. In einem dieser Häuser saß Hans hinter Glas, von gekühlter Luft umweht, mit Gedanken befaßt, die nicht die ihren waren. Drehte man sich um, offenbarte die scheinbar endlose Stadt endlich ihre Grenze. Die sanften Taunushügel lagerten sich hellgrau in einem Hitzedunst, der sie zur bloßen Silhouette, zum Pinselstrich einer japanischen Tuschezeichnung werden ließ. Wer weiter in die Richtung dieser Berge lief, würde sie freilich zunächst wieder verlieren, denn bevor man sie erreichte, war noch ein breiter Gürtel Siedlungsdickicht, Vorstadtwüstenei zu überwinden.

Eine junge Frau kam ihr entgegen, sehr weißhäutig an den nackten Armen und Beinen, in häßlichen Shorts, schlaffem Hemdchen und mit einem strohgestrickten Hut auf dem Kopf. Sie trug ein kleines Kind auf dem Arm, ein anderes lief an ihrer Seite, in der freien Hand hielt sie einen langen, dünnen Stab, mit dem sie die Straße vorsichtig auf Hindernisse abtastete. Sie war blind, bewegte sich aber vollständig sicher und bedurfte noch nicht einmal der Hilfe der Kinder. Am Bordstein blieb sie stehen, hoch aufgerichtet, ganz aufs Hören eingestellt, das ihr das Sehen zu ersetzen hatte. Dann ließ sie den Stab wieder über den Asphalt scharren und folgte diesem Geräusch, das sie selbst hervorbrachte. Ina bestaunte die Geschicklichkeit dieser Frau, aber dann siegte der Zustand, in dem sie sich befand und der nichts Gelungenes und Geglücktes mehr gelten lassen wollte. Wie trist war die Blinde angezogen – nun, das waren viele, die sie auf ihrem Weg gesehen hatte, und aus dem Gleichgewicht mußte man deswegen nicht geraten. Aber das hier war etwas anderes, denn die Frau wußte nicht, welch entstellenden Hut sie trug, sie hatte die Farben ihrer Shorts nicht gesehen, und sie kannte auch nicht das Bild, das sie darin abgab, mit jener ausgestellten Kurzbeinigkeit und Breithüftigkeit, die sich mit anderen Kleidern hätte kaschieren lassen. Irgendwelche wohlmeinenden Menschen steckten die Frau in diese Sachen, von denen sie nur wahrnahm, daß sie etwas Wärmendes auf der Haut hatte. Wie eine Geschändete laufe die Blinde mit ihrem dummen Sommerhütchen durch die Stadt, so wollte Ina das jetzt sehen, wie eine Kuh, die man zum Almabtrieb geschmückt hat und die nicht versteht, was ihr mit diesem Schmuck geschieht. Und ging es ihr, Ina, denn so sehr viel anders als dieser Frau? Was sie auf dem Leibe trug, gewiß, das hatte sie selber ausgesucht, und das erschien jetzt als die allergleichgültigste Nebensache. Aber was alles andere anging, wußte und sah sie denn, wo sie ging und stand und welche Figur sie, von außen betrachtet, abgab? Das Leben in dieser Stadt mit Hans, was war das eigentlich? Hatte sie das etwa so gewollt wie die Blinde, die den Strickhut aufsetzte, den man für sie ausgesucht hatte?

»Das Leben«, dieses Wort hätte ihr nicht in den Sinn kommen dürfen. Eine Flut von Verwirrung und Selbstmitleid stieg in ihr auf, als sie »das Leben« dachte, und sie mußte sich auf ein Mäuerchen setzen und schluchzen. Tränen blieben freilich aus, es war ein knochentrockener Weinkrampf, der deshalb auch nichts löste, sondern wie ein allergischer Hustenanfall allmählich verebbte.

XV

Daß es Neumond war, die Nacht, in der das schwarze Loch des Weltalls den letzten feinen Rand des Mondes aufschluckte, mußte jedem entgehen, der damit die Vorstellung einer vollständigen Lichtlosigkeit verband, wie sie im Westen Deutschlands aber kaum mehr zu erleben ist, denn das echte Nachtschwarz ist aufgeweicht im Neonschein der Städte und der Dörfer, die längst Vorstadtcharakter angenommen haben. Zunächst lag auch noch der sommerliche Lichtzauber über der Stadt. Der todweiße Sonnenhimmel des Tages, der die Farben wegsaugte und nur das Hellgrau von muffigen Schwarzweißaufnahmen übrig ließ, verflüchtigte sich, der Himmel erstrahlte in reinem Hellblau und war nun als leuchtende Kuppel vorstellbar. Eine Stunde des Aufatmens und Genießens, für Ina jedoch eine Stunde der Wehmut und der Reue. Reue worüber? Was hatte sie in ihrem Leben zu bereuen? Welchen Menschen hatte sie verletzt, ohne seine Verzeihung erlangt zu haben, welche Chancen hatte sie nicht ergriffen, wo hatte sie den ihr vorgegebenen Weg verlassen? Hatte sie nicht mit mäßiger Disziplin, einfach aus ihrer Natur heraus, getan, was man von ihr erwarten durfte? Es war ihr jetzt, als hätte sie sich mit ihrer Heirat und dem ehelichen Leben danach schon viel zu weit von dem ihr angemessenen Lebenskreis entfernt, als bewege sie sich hier in fremden Zonen, für die sie nicht ausgerüstet sei, und als werde ihr selbst Hans hier ein Fremder. Wir lernen die Menschen eigentlich erst kennen, wenn wir ihnen in ihrem Milieu begegnen und plötzlich begreifen, daß sie mit ihren urpersönlichen Eigenschaften doch nur ein Mosaikstein sind und damit Teil eines großen Bildes. In Frankfurt war das Gegenteil eingetreten: Hans und Ina hatten die vertrauten Sphären verlassen, und es fiel Hans offenbar gar nicht schwer, sich anderswo einzufinden. Daß er mit Leuten wie den Wittekinds zurechtkam, war eine verstörende Entdeckung, die dazu aufforderte, ihn, den sie zu kennen meinte, vollkommen neu zu deuten. An die Wohnung würde sie sich nie gewöhnen. Sie hatte um diese Folge von Zimmern regelrecht geworben, hatte sie sich anverwandeln wollen, und jetzt sah sie, daß die Wohnung sich zu wehren begann und sie abschuppte wie eine abgestorbene Substanz. Wie anders war das Leben mit ihrer Mutter am Golf von Neapel gewesen, in einer Umgebung von lässigem Luxus, mit einem Tagesablauf, der von klösterlicher Präzision war und der außerhalb von Klöstern nur durchgehalten wird, wo die Notwendigkeit besteht, eine Riesenmenge Zeit totzuschlagen. Immer hatte man gerade nur eine knappe Stunde, um sich hinzulegen, weil man sich schon wieder für eine Mahlzeit oder einen Ausflug fertigmachen mußte. Frau von Klein schwamm gern und war deswegen in noch höherem Maße als sonst mit der Wiederherstellung ihrer Frisur beschäftigt – das Vernichten und Auftürmen des Haarhelms nahm viele Stunden in Anspruch, auch einer besonderen Lieblingsbeschäftigung, der Umlegung von Friseurterminen, konnte nachgegangen werden, das war meist Inas Aufgabe, die als wesentlichen Gewinn ihres Kunstgeschichtsstudiums ein recht flüssiges Italienisch vorweisen konnte. Es war lästig, wenn man es vor sich hatte, dies Umbestellen, aber welcher Friede ging in der Erinnerung davon aus! Unwichtiges mit wichtiger Miene betreiben zu dürfen und sich in einer Welt aufzuhalten, in der es andere als unwichtige Wichtigkeiten gar nicht gab, das erschien ihr jetzt als Inbegriff des Heimatgefühls. Und war die richtige Welt, die Welt eben, aus der sie stammte und in der sie jene Person geworden war, mit der sie es jetzt zu tun hatte, nicht nur durch ein Häutchen, hauchdünn wie das in der Eierschale, von ihr geschieden? So wie man war, wie man leben sollte – das war ja nicht verloren, das lockte im Reich des Greifbaren. Morgen schon, in jedem ihr beliebigen Augenblick, könnte sie in dies Reich wieder eintreten. Es würde zwar Ballast an ihr hängen, man würde ihr anmerken, daß sie einmal fort gewesen sei, aber sie würde gewiß schnell heilen.

Daß Frau von Klein den Menschen, die mit ihr lebten, gerade noch die Atemluft an eigenem Freiraum zugestand, das war vielleicht gut. Die Vortrefflichkeit solch lückenloser Eingespanntheit war als Schutz jedenfalls überhaupt nicht zu unterschätzen. Hans ahnte nicht einmal, was Schutz war. Wenn sie jetzt an ihn dachte, dann erschien er ihr wie in einer Traumsequenz: Sie versinkend in einem pechschwarzen Moor, er weit von ihr der roten Sonne entgegengehend, singend und pfeifend und taub für ihre Schreie, und, nachdem er sie schließlich gehört hatte, auf die für Träume bezeichnende Weise daran gehindert, zu ihr zu gelangen, mit den Füßen festgeklebt, ein Bild der Unfähigkeit und des ohnmächtigen Bedauerns.

Ina wanderte wieder stadteinwärts. Sie war in dem Alter, in dem ein verschwitztes junges Mädchen noch hübscher aussehen kann, als wenn es sorgfältig zurechtgemacht Kühle ausstrahlt, der Schweiß ist dann wie Tau auf dem Rosenblatt oder der Firnis, der den Ölfarben Frische und Tiefe verleiht. Aber sie sah sich ja nicht und fühlte sich schmutzig und elend, und tatsächlich hatte sie nicht einmal ein paar Münzen dabei, um sich an der Eisbude, an der sie vorbeikam, ein Zitroneneis zu kaufen. So weit war sie gelangt auf ihrer Lebensreise. Hier kannte sie keiner, keiner gab ihr, wie sie es gewohnt war, nur auf ihren Namen hin Kredit – daß dies auch bei den Hamburger Eisbuden selten sein würde, brauchte jetzt nicht mitbedacht zu werden.

Bei Ina wurden nun die Gedanken vom Gehen hervorgebracht. Wie sie voranschritt, leicht bergab inzwischen, an großen, vielbefahrenen Straßen entlang der Innenstadt zu, betrat sie auch in ihrer Phantasie neue Räume. Je mehr sie sich vertrauteren Regionen näherte – sie erkannte gelegentlich eine Kreuzung oder ein Gebäude –, desto schauriger erschien ihr die Vorstellung, nach Hause zurückzukehren. Sie mußte es, um an kaltes Wasser, um an ein Bad, an den Rest Zitroneneis im Eisschrank und an Geld zu gelangen. Auch ihr Telephon lag dort mit der eingespeicherten Nummer von Frau von Klein. Nur ein Knopfdruck genügte, und sie hätte die vertraute, leicht gereizte Damenstimme im Ohr, die Stimme einer Frau, die für das Telephon lebte, aber immer den Eindruck entstehen ließ, als sei sie bei bedeutenden Verrichtungen gestört worden.

Noch einmal jedoch dies Treppenhaus zu betreten, noch einmal mit Hans zu sprechen, noch einmal aus den Fenstern des Wohnzimmers auf die Nachbarstraßen zu blicken, das ging über Inas Kraft. Ihr Zustand fand jetzt den Durchbruch zu einer höheren Reinheit. Ihre Verzweiflung trat unverhüllt zutage. Sie bedurfte nicht mehr der Vorwände und Vorwürfe, sie erhob überhaupt keinen Vorwurf gegen irgendwen. Sie trauerte nicht um den Verlust idealer Zustände. Sie war als ganze

Person zu einem in alle ihre Gefäße ausgegossenen explosiven Gefühl geworden. Ein Funken genügte, um es zu entzünden. Niemandem hätte sie diesen Zustand beschreiben dürfen, weil sie genau wußte, wie man sie zu beruhigen versuchen würde, mit welch erbärmlicher Hilflosigkeit, etwa von der Art: Es sei doch alles gar nicht so schlimm. Doch, es war schlimm, jetzt stand sie schon in Flammen.

Eine Frau mit dem muslimischen Kopftuch trat auf sie zu. Sie hielt einen Zettel in der Hand und fragte in mühevollem Deutsch nach dem Hauptbahnhof. Sie hatte sich das ihr unverständliche Wort nach dem eigenen Sprachgefühl zurecht geformt und sagte mehrfach »Happana«. Nachdem Ina den Zettel entziffert hatte, verstand sie schließlich. Die Frau war der ihr vom Schicksal in dieser Stunde der Not zugeworfene Strohhalm, und sie ergriff ihn mit einer Entschlossenheit, daß die Frau sie verwundert ansah.

Zum Hauptbahnhof hätte Ina von hier aus gefunden, freilich nicht auf dem kürzesten Weg. Das teilte sie der Frau jetzt auch mit. Sie wisse genau, wo der Hauptbahnhof liege, nur sei er nicht nah, sie schätze, daß die Frau mit ihrer großen Tasche mindestens dreißig oder gar fünfunddreißig Minuten für den Weg rechnen müsse. Möglicherweise gelinge es ihr auch unterwegs, den Umweg, den sie jetzt gewiesen werde, abzukürzen. Wichtig sei, sich zunächst geradeaus zu halten, über etwa drei oder vier Kreuzungen hinweg. Die Schwierigkeit beginne erst dann. Der Hauptbahnhof liege im Grunde parallel zu der Straße, auf der sie sich jetzt befänden. Die Aufgabe sei nun, sich auf der richtigen Höhe durch einige Querstraßen dem Hauptbahnhof seitlich anzunähern. Sehe man ihn vor sich liegen, könne man ihn aber nicht mehr verfehlen. Er sehe unverkennbar wie ein Hauptbahnhof aus.

Dies alles sagte sie, als sei ihrem Schweigen eine Schleuse geöffnet worden. Die Muslimin verstand kein einziges Wort, lauschte dem erhitzten Mädchen aber mit gerunzelter Stirn und stetem Nicken. Sie gingen sogar noch ein Stück zusammen, Ina half der Frau die Tasche tragen und sprach ohne Unterlaß, indem sie den Weg, den sie nahmen, zugleich beschrieb – »Wir gehen jetzt praktisch immer geradeaus«, sagte sie etwa –, und als sie sich trennten, war sie tatsächlich ruhiger geworden. Zwar spürte sie ein seelisches Zurückrinnen ins Dunkle, als sie wieder allein war, aber es kam ihr jetzt weicher, samtiger dort vor. Auch um sie herum war es nun Nacht geworden. Die Rücklichter der Autos leuchteten wie rote Grabkerzen auf einem abendlichen Friedhof, und der Anblick dieser roten Lämpchen tat ihr gut.

Zuhause war jeder Gedanke an ein schönes Bad und ein köstliches Eis vergessen, gerade daß sie sich am geöffneten Eisschrank ein Glas Mineralwasser eingoß, das sie aber schon nach zwei Schlucken wegschüttete. Eine erneuerte Rastlosigkeit beherrschte sie: Jetzt sofort aufbrechen und in derselben Nacht noch nach Hamburg fahren! Frau von Klein mußte schon gar nicht mehr angerufen werden, sie ahnte ohne Zweifel, daß ihre Tochter kam, und würde ohne Benachrichtigung den Weg zum Bahnhof finden. An Hans dachte sie gar nicht, der schien spurlos hinweggesunken.

»Hans hat damit nichts zu tun«, sagte sie dann plötzlich laut und war verwundert, die eigene Stimme zu hören. Er hatte nichts damit zu tun – womit, danach wurde schon überhaupt nicht mehr gefragt –, aber helfen konnte er eben auch nicht. Es ist für den weiteren Verlauf des Abends nicht unwichtig, daß Ina während dieses gesamten bedrückenden und letztlich ungeklärten Zustands vielleicht gelegentlich etwas ungeduldig und befremdet, aber nie feindselig an Hans dachte. Man muß dies im Gedächtnis behalten und darf auf keinen Fall Hansens Sicht der Ereignisse übernehmen: Er war im Schutz seines schlechten Gewissens wohlgeborgen vor dem Medusenanblick der Sinnlosigkeit.

Ina begann zu packen, aber obwohl sie eine geübte Reisende war, gestaltete sich dies Geschäft jetzt kompliziert bis zur vollständigen Undurchführbarkeit. Taschen und Koffer wurden herbeigezerrt und lagen mit aufgerissenen Mäulern auf dem Bett, dann holte sie heraus, was in Kommoden und dem großen Wandschrank aufbewahrt wurde. Ein Kleiderhaufen türmte sich über den Koffern. Sie nahm eine Bluse weg und legte einen Pullover dazu. Sie trug einzelne Kleidungsstücke herum und ließ sie dann irgendwo fallen. In kurzer Zeit war der gesamte Fußboden des Schlafzimmers mit Kleidern bedeckt. Sie hüpfte barfuß in dem wild durcheinandergeworfenen Kleiderhaufen herum. Sie fühlte, daß es ihr besser ging.

*

Hans fand die Hinterhofgesellschaft diesmal erweitert vor. Zu der im Kunststoffklappstuhl königinnenhaft hingegossenen Frau Mahmouni – heute in einem mit Bambus und tropischen Schmetterlingen bedruckten Complet gewohnten Stils, nur die orangefarbenen Sandaletten, die viel von den verdrehten Füßen sehen ließen, stachen mit gleichsam eigener Leuchtkraft aus dem Ensemble hervor –, zu Barbara, die einen dünnen Safarianzug angelegt hatte und zu dem ganz in hellblau gekleideten Vetter, zu Souad, der mißtrauisch aufgeplustert wie ein großer Truthahn dasaß, hatte sich Herr Wittekind gesellt, aber nicht, wie sich schnell zeigte, um sich unterhalten zu lassen oder ein Publikum für seine Monologe zu finden, sondern um mit Souad, in der gewohnt lässigen Weise und betont friedlich, über dessen Abrechnungen zu verhandeln.

»Kommen Sie rüber in mein Büro«, sagte Souad gerade und wies in Richtung der Waschanlage. »Aber nicht morgen – übermorgen um fünf.«

»Keineswegs werde ich das tun«, antwortete Wittekind. Er sprach wie immer lächelnd und tat, als begreife er das Ganze als Spiel. Es sei schwer, bei Souad einen Termin zu bekommen, und er sei davon überzeugt, daß ihnen übermorgen um fünf ein brennendheißes Telephonat dazwischenkommen werde. Es ging um die Nebenkostenabrechnung – »Das dürfte auch Sie interessieren«, sagte Wittekind zu Hans, auf das Selbstverständlichste zum Sie zurückkehrend. Dieser Mann gehörte offenbar zu dem glücklichen Geschlecht, das keine Peinlichkeit kannte. Hier war der nicht so seltene Fall gegeben, daß eine Zurücknahme des Du, mit so leichter Hand bewältigt, eine Entspannung gewährte, die seine Beibehaltung nicht zugelassen hätte. Man konnte Dinge im allgemeinen nicht ungeschehen machen, das hatte Hans mit Schmerzen empfunden, aber wenn man sich zusammentat, konnte man es offenbar doch. Als Zeichen seiner Dankbarkeit setzte er eine geschäftsmäßig teilnehmende Miene auf. Souad sank in Verdrossenheit.

Man hielt es in diesem Haus wie in den meisten anderen Mietshäusern auch: Die Mieter leisteten einen monatlichen Vorschuß auf die Heizungskosten, die Versicherungen und was da sonst noch anfiel – erfahrungsgemäß viel – und erhielten am Jahresende eine Abrechnung über die Verwendung dieser Gelder, und dann war entweder noch zuzuzahlen, oder es mußte von den Vorschüssen etwas zurückerstattet werden.

»Wir warten seit zwei Jahren auf diese Abrechnungen«, sagte Wittekind und fügte scherzend hinzu, daß er vermute, die Verwaltung – das war Souad – hätte sich gewiß gemeldet, wenn sie mit dem Vorschuß nicht ausgekommen wäre –, aber da tiefes Schweigen herrsche, habe er die dringende Vermutung, daß im Gegenteil er etwas herauszubekommen habe. Souad fuhr auf und warf ihm einen anklagenden Blick zu, aber Wittekind gebot mit aufgehobener Hand Schweigen und fuhr fort, daß er um so mehr davon überzeugt sei, hier seien »Vorgänge«, wie er ironisch sagte, liegengeblieben, als auch Herr Sieger schon mehrfach bei ihm geklagt habe, überhaupt noch nie eine Abrechnung von Souad gesehen zu haben. Darauf solle es hier nicht ankommen – wieder erstickte er einen Einwurf Souads –, aber es unterfüttere doch seinen Verdacht.

»Also was machen wir?« Das war so nett und harmlos gefragt, daß Souad auf diesen Ton leicht hätte eingehen können. Statt dessen schwang er sich in die Pose des Strafverteidigers, richtete sich in seinem Klappstuhl auf und rief voller Empörung: »Warum sollte ich so etwas tun? Können Sie mir diese Frage beantworten? Warum?« Zur allgemeinen Überraschung, besonders Souads, ergriff aus ihrer Distanz nun Frau Mahmouni das Wort.

»Warum? Souad, das ist eine sinnlose Frage. Die Frage, warum ein Mensch dieses oder jenes tut, ist meist nicht befriedigend zu beantworten. Nicht einmal Vermögensinteressen geben hier Gewißheit. Oft handeln die Menschen nach ihren Interessen oder ihren vermeintlichen Interessen – sehr oft aber auch nicht. Es gibt für jede Handlung tausend Gründe; hoffnungslos, sie zu erforschen. Und außerdem sind viel mehr Menschen, als man glaubt, verrückt. Manche nur zeitweise, um es noch schwieriger zu machen. Sie werden verrückt, wie sie den Schnupfen bekommen, und werden die Verrücktheit wie den Schnupfen nach einer Weile wieder los. Also kein Warum. Eine ganz andere Frage ist, ob jemand imstande ist, dies oder das zu tun. Diese Frage ist schon sinnvoller. Und wenn ich mich frage, ob Sie imstande sind, Herrn Doktor Wittekind die Abrechnungen zu verweigern, ist die Antwort viel einfacher. Natürlich sind Sie dazu imstande, Souad.«

Sogar Barbara hatte bei dieser kleinen Rede aufgehört zu telephonieren, ihr Vetter freilich nicht, da hätte schon anderes geboten werden müssen. Am meisten wunderte sich Hans aber über Souad. Kein Aufschrei des Protestes von seiner Seite. Er saß brütend da wie ein Frosch, man sah geradezu seine Kehle pumpen. Frau Mahmouni sprach weiter.

»Herr Doktor Wittekind. Ich darf Ihnen mitteilen, daß ich ab heute die Verwaltung dieses Hauses wieder übernehme. Ich war mir mit meinem Mann über verschiedene Fragen nicht einig, aber das ist geklärt.«

»Und ich?« Souad sprach wie vom Donner gerührt, ungewohnt ausdruckslos, ja verhalten.

»Sie machen weiter die Waschanlage«, befahl Frau Mahmouni, »aber nur noch für zwei Monate. Es wird bald schon gar keine Waschanlage mehr geben. Die Waschanlage wird verschwinden. Dort drüben zieht ein großer pakistanischer Baumwollimport ein, der Kontrakt ist heute unterschrieben. Danach übernehmen Sie den ›Habsburger Hof‹. Mein Mann und ich haben uns entschlossen, unsere Interessen hier auf diesen Platz zu konzentrieren, um den Immobilienbesitz zu arrondieren.«

»Es ist auch von mir was drin, Souad«, zwitscherte Barbara. Souads langen leeren Blick hielt sie ohne Mühe aus. »Man muß bei Immobilien immer alles gut bedenken«, sagte sie in dem

Bemühen, ihn an ihrer Zufriedenheit teilnehmen zu lassen, »eine gute Anlage ist halt immer viel Arbeit.«

Wer glaubte, nach solchen Eröffnungen werde der Kreis schnell auseinanderfliegen, hatte sich getäuscht. Vielleicht war es nur die nächtliche Hitze, die jeden von einer unnötigen Bewegung abhielt, bis auf den Äthiopier, dem sie nichts antat und der mit flinkem Blick darauf achtete, daß jeder eine Flasche hatte, jeder eine andere, wohlgemerkt. Die Unterhaltung floß leise dahin. Es war, als sei man dankbar, die neue Normalität gemeinsam einüben zu dürfen.

Plötzlich neigte Souad sich zu Hans und sagte mit hinaufweisendem Kopfnicken: »Deine Frau steht die ganze Zeit da am Fenster und schaut zu uns herab.«

Ina hatte tatsächlich die von ihr angerichtete Unordnung, die sie nicht mehr zu beherrschen vermochte, verlassen und war die Treppe hinabgestiegen. Beim letzten Fenster des Treppenhauses, unmittelbar über der Gesellschaft, blieb sie stehen, an den Rahmen gelehnt und die Leute dicht unter sich betrachtend. Von den Gesprächen drang manches zu ihr hinauf, wenngleich nicht alles. Eben hörte sie Wittekind mit leicht erhobener Stimme sagen: »Aber es kommt doch gar nicht darauf an, glücklich zu sein.«

»Worauf kommt es denn an?« fragte Barbara, aber von der Antwort bekam Ina wieder nichts mit, nur von der Zustimmung, die sie fand.

»Genau, genau«, rief Barbara und wandte sich sogar an den Vetter, der gleichfalls, aber widerwillig, wie Ina vorkam, nickte. Jetzt fuhr ein Taxi vor die Hofeinfahrt, der Türke stieg aus, im Fond blieb ein unerhört massiger Mann sitzen. Frau Mahmouni erhob sich behutsam und nahm den Arm des türkischen Fahrers. Ina löste sich vom Fenster und stieg langsam, aber ohne Zögern die Treppe hinab, gerade als Souad auf sie aufmerksam geworden war. Sie erschien im Türrahmen. Die Gesellschaft saß im Schein der Bogenlampen vor ihr und sah zu ihr hinüber. Wie es gelegentlich selbst in angeregter Runde geschieht, schwiegen gerade alle für einen Augenblick. Ina kam auf sie zu. Nur Hans wußte, daß sie verändert aussah, mit ungekämmtem Haar verließ sie sonst niemals die Wohnung.

Zielsicher ging sie auf Wittekind zu, erwiderte seinen Gruß nicht, bückte sich nach der Bierflasche, wandte sich zu Hans und schlug ihm die Flasche mit einer weiten Bewegung auf den Kopf. Die Flasche zerbrach. Ina stand still da mit dem gezackten Hals in der Hand. Hans bewegte sich nicht. Blut quoll aus seiner Stirn und lief ihm in die Augen. Es rührte sich keine Hand in der verzauberten Stille. Ina stand mit geschlossenen Augen. Sie wartete. Irgend etwas, das wußte sie, würde geschehen.

XVI

Frau von Klein pflegte so viele Bekanntschaften, daß sie, wie viele Leute ihres Milieus, die Gewohnheit angenommen hatte, zu Weihnachten Rundbriefe zu verschicken, in denen sie von den Ereignissen des Jahres berichtete. Sie wußte selber, daß niemand solche Berichte wirklich las, sie überflog dergleichen nur, aber sie fand die Sitte mit den Rundbriefen eine Weile recht vorteilhaft. Wer aus ihren Briefen etwas Handfestes erfahren wollte, mußte freilich die Kunst beherrschen, zwischen den Zeilen zu lesen, wie die Bürger in Diktaturen lernen, den phantastischen Nachrichten der gelenkten Presse dennoch Realitäten zu entnehmen. So erlaubten die wenigen Worte, die Frau von Klein in ihrem letztjährigen Rundbrief dem Leben ihrer Tochter widmete, zumindest eine Ahnung, wie es Ina und Hans nach den hier geschilderten Ereignissen weiter ergangen sein mag.

»Meine Tochter Ina macht mir Freude«, schreibt Frau von Klein. »Nachdem sie sich, auf meinen Rat, entschließen konnte, ihr väterliches Erbe anzugreifen, hat man ein schönes Haus in den Taunusbergen gefunden, alles zu ebener Erde, unter einem gemütlichen großen Schieferdach, vielleicht etwas zu groß für die gegenwärtige Funktion von Hans – aber wie es so ist, nun ist schon das zweite Kind da, ein Mädchen, Ida heißt sie – seltsamer Name, aber es sollte partout etwas mit i sein – und natürlich mir wie aus dem Gesicht geschnitten. Die beiden haben das Stadtleben in vollen Zügen genossen und sind jetzt sehr zufrieden, draußen zu sein. Es ist für die Kinder viel netter mit Garten. Und was Inas Besuche bei mir in Hamburg angeht, da haben wir einen Rhythmus gefunden. Hans liest viel, sagt Ina, und ich habe ihr gesagt, daß ich das gut finde. Es ist immer wichtig, daß ein Mann eine Beschäftigung hat.« Es folgt die Schilderung der großen Südostasienreise, die Frau von Klein im Herbst »mit Freunden« unternommen hat.